Le Fils du Pendu

Le FILS du PENDU

FRANCIS CHALIFOUR

LIVRES TOUNDRA

Publié au Canada par Livres Toundra,
75, rue Sherbourne, Toronto (Ontario) M5A 2P9

Publié aux États-Unis par Tundra Books of Northern New York
Boîte postale 1030, Plattsburgh, New York 12901

Fiche de la Library of Congress (Washington) : 2006920137

Catalogage avant publication de Bibliothèque et Archives Canada

Chalifour, Francis
[After. Français]
    Le fils du pendu / Francis Chalifour.

Traduction de: After.
ISBN-13: 978-0-88776-795-1
ISBN-10: 0-88776-795-8

    I. Titre. II. Titre: After. Français.

PS8555.H2758A7514 2006   jC813'.6   C2006-900074-3

Nous remercions le Conseil des Arts du Canada et le Conseil des arts
de l'Ontario de l'aide accordée à notre programme de publication.
Nous remercions le gouvernement du Canada de l'aide financière
accordée par l'entremise du Programme d'aide au développement de
l'industrie de l'édition pour nos activités d'édition.

ONTARIO ARTS COUNCIL
CONSEIL DES ARTS DE L'ONTARIO

Imprimé au Canada

Ce livre est imprimé sur du papier sans acide,
entièrement recyclé et respectueux des forêts anciennes
(contenant 40 % de fibres postconsommation).

1   2   3   4   5   6   11 10 09 08 07 06

Si vous avez perdu quelqu'un de précieux,
ce livre est pour vous.
Vous savez de quoi je parle.

À la mémoire d'un ami et acteur,
Stéphane Pominville,
qui m'a montré comment apprécier
chaque seconde sur scène.

À ma mère,
qui m'a montré comment faire mon lit
et comment aimer.

À Marc et Luc, mes mentors,
qui m'ont montré comment
bien manger avec des ustensiles.

PRÉFACE

Fais attention. Rien ne dure toujours.
> – La vieille dame avec qui j'ai partagé
> mon sandwich à la dinde dans l'autobus.

J'ai toujours pensé que les éclats de rire sont des bruits vraiment forts, provenant de l'âme, qui disent : Comme c'est vrai ! »
> – Quincy Jones

Je pensais que jamais je ne pourrais survivre à ça. Comment survit-on à quelque chose que l'on croit être entièrement de sa faute ? Si seulement j'avais pelleté la neige quand mon père me l'avait demandé, sorti le chien ou gardé ma chambre en ordre. Si seulement j'avais été un meilleur fils.

Je suis descendu tout au fond du trou de ma peine. Mais j'ai remonté et j'en suis ressorti.

J'ai survécu et je vous offre mon histoire.

1 | LE CHOC

Malgré la chaleur de ce soir-là de juin, mes mains étaient aussi froides que le château de glace à Québec, pendant le carnaval. Je cherchais mes clés pour ouvrir la porte d'entrée. M. Enrique, mon professeur d'espagnol, a sorti la tête de la vitre baissée de sa voiture pour me crier « *Bonne chance, mon gars !* » et il est reparti aussitôt dans la pénombre de la rue.

Au moment où j'allais mettre la clé dans la serrure, ma mère a ouvert la porte en bois qui grince comme un mal de dents.

– Maman, qu'est-ce qui se passe ? ai-je demandé.

Elle avait l'air engourdie, son visage était blanc comme un drap.

– C'est fini. *Point final.*

Quand ma mère dit *point final*, tout le monde se met au garde-à-vous, même le chien. Je n'ai donc pas résisté quand elle a pris mon bras et m'a amené jusqu'à sa chambre à coucher. C'était la seule pièce de la maison où il y avait l'air climatisé, même s'il n'avait pas été mis en marche depuis que mon père avait perdu son emploi. On aurait dit que les marches d'escalier n'allaient jamais finir... et je savais qu'elles ne me conduisaient pas au paradis. Ma mère a fermé très doucement la porte de sa chambre derrière elle, comme si elle craignait que le ciel – ou le climatiseur – me tombe sur la tête.

– J'ai de mauvaises nouvelles, mon cœur.

Ses yeux rouges étaient embués de larmes.

Mon cœur. La dernière fois qu'elle m'a appelé comme ça, c'était quand nous étions tous les deux entassés dans une cabine dans les toilettes des femmes chez Eaton, parce que j'étais trop petit pour y aller tout seul, et que sa voix mielleuse me suppliait de me dépêcher.

Je me suis donc assis sur son grand lit tout froissé, comme si j'étais Louis XVI qui attendait d'aller à la guillotine ou Louis Riel attendant d'être pendu.

❧

1992. Je déteste cette année-là. La reine Elizabeth l'a qualifiée d'*annus horribilis* parce que le château de Windsor à brûlé et que Charles et Diana se sont séparés. C'est aussi l'année où George Bush a été malade durant une de ses visites à l'étranger et a vomi sur le premier ministre japonais. Les Serbes de Bosnie-Herzégovine ont déclaré leur indépendance. Quoi d'autre ? Ah oui, au mois de juin, mon père s'est pendu dans le grenier.

<center>~~~</center>

Après ça, la terre n'a pas cessé de tourner, même si cela m'a semblé bizarre sur le coup. Voici un court résumé de ce qui s'est passé par la suite.

Été : J'ai passé l'été plus ou moins dans ma chambre, avec les rideaux fermés. Quand il faisait trop chaud, je prenais ma guitare et j'allais en bas des marches de l'escalier, en arrière de la maison, là où personne ne pouvait me voir. Ma tante Sophie s'est occupée de mon petit frère Luc. Je pense qu'ils sont souvent allés au parc ensemble ou à la piscine publique ou au *Dunkin' Donuts*. Je ne pourrais pas vous dire, parce que je n'ai pas vraiment fait attention. Ma mère quittait la maison chaque matin pour aller travailler au bureau de poste. Quand elle revenait, elle nettoyait chaque centimètre carré possible de la maison et quand elle avait fini, elle recommençait encore et encore. Après des jours de pleurnichages pour aller dehors et encore plus pour rentrer, notre chien, Spoutnik, a passé le gros de son temps à dormir sous la véranda.

Automne : Retour à l'école. Luc allait à la maternelle le matin, et à la garderie au sous-sol de l'église, en bas de la rue, l'après-midi. Quand il rentrait à la maison, il me suivait partout comme un petit chien de poche. Maman travaillait, nettoyait et criait après moi, Luc et le chien.

Hiver : Il faut savoir que l'hiver à Montréal est froid,
enneigé et que les journées sont vraiment courtes. Nous
étions trois étrangers vivant côte à côte dans une vieille
maison, sur une rue escarpée. Noël est passé presque
inaperçu. Les nettoyages obsessifs de ma mère se sont
espacés, et elle a passé de longues heures devant le foyer,
à regarder le feu, comme si elle n'en avait jamais vu
auparavant. Au mois de janvier, les rues étaient devenues
tellement étroites à cause des gros bancs de neige et des
autos enterrées comme on enterre des humains, que
lorsque je revenais de l'école et voyais mes traces dans
la neige, je me prenais pour un grand explorateur de
l'Arctique. Quand nous sortions, Luc voulait toujours
que je le prenne sur mes épaules. Avec son habit de neige
et ses bottes, il était rendu tellement lourd que je pensais
que mon dos allait casser en deux.

Printemps : J'ai eu seize ans. Maman a décroché un
meilleur emploi. Luc parlait à Spoutnik quand il lui
lançait la balle, dans la cour arrière. La noirceur s'est dis-
sipée, peu à peu.

Je pense que c'est à peu près tout, mais je ne suis pas sûr
à cent pour cent. Les battements de mon cœur n'étaient
plus les mêmes cette année-là. Le temps me paraissait
interminable, et le deuil a pris demeure en moi. C'était
comme une créature vivante que j'entendais respirer mais

que je ne pouvais pas contrôler. Ce n'est pas l'histoire de ce qui s'est passé cette année-là. C'est plutôt l'histoire de ce que j'ai ressenti.

~~~

Je voulais participer à un voyage de fin d'année à New York avec quinze autres élèves et trois enseignants. Je voulais tellement y aller, mais les fins de mois étaient plutôt serrées à la maison. J'ai donc conclu une eutente avec le directeur : si j'aidais le concierge pendant une demi-heure chaque jour, je pourrais peut-être y aller. Pendant des mois, j'ai passé la vadrouille dans les corridors, j'ai vidé les poubelles et j'ai enlevé toutes les gommes collées en dessous des pupitres, et j'y suis allé.

On avait prévu une foule d'activités : la visite du Rockefeller Center, de Times Square et du Metropolitan Museum pour voir ce gigantesque temple de Dendur transposé dans une des salles. C'était bizarre : ce vieux building que des mains humaines comme les miennes avaient bâti il y a plus de deux mille ans et à des milliers de kilomètres d'ici, se tenait debout, tranquille, dans un musée d'où on pouvait entendre crier des vendeurs de bretzels et de hot-dogs. J'ai acheté un souvenir pour mon père, un chandail des Rangers. C'était sa deuxième équipe préférée, juste après les Canadiens de Montréal. Il détestait les Maple Leafs de Toronto.

New York était super, mais je m'ennuyais de chez moi. J'adore Montréal comme si toute la ville m'appartenait : mon Stade olympique, mes sandwiches au *smoked meat*, ma vieille maison de briques sur sa rue étroite, bordée d'arbres, mes amis, ma musique. Même Luc me manquait, lui qui venait me réveiller aux petites heures du matin pour jouer avec lui, ses blocs Lego et ses petites autos *Hot Wheels* – ce qui est déconseillé pour commencer la journée de manière paisible et sereine.

～

Le téléphone a sonné dans la chambre d'hôtel. On était au dixième étage, mais on pouvait quand même entendre le bruit de la circulation matinale par la fenêtre ouverte.

– Hé, François, c'est ta mère !

Bruno était étendu sur les draps de nylon, la tête en bas, en train de regarder *Le Routard* de la ville de New York. J'étais en train de passer ma soie dentaire, quelque chose que personne ne devrait oublier, surtout quand vous venez de manger trois hot-dogs de suite avec choucroute, relish, oignons et moutarde et que vous n'avez pas brossé vos dents depuis trois jours. Dégueulasse. Je pensais que ma mère m'avait appelé parce que je lui manquais ou qu'elle s'inquiétait que j'aie trop chaud ou trop froid ou quelque chose du genre. Ma mère est une championne d'inquiétude.

– François, il faut que tu reviennes à Montréal aussitôt que possible. M. Enrique va te ramener, m'a-t-elle dit.

– Est-ce que grand-papa a eu une crise de cœur ?

Il n'y avait pas un mois qui passait sans que mon grand-père n'ait une attaque cardiaque. J'essaie de rendre ça drôle, mais ça ne l'était pas du tout.

– Tout ce que je te demande, c'est de revenir à la maison.

– Est-ce que Luc est ok ?

Luc avale constamment ses jouets. Ça aussi, ça peut faire rire, mais c'est loin d'être amusant. Ça fait mal un bloc Lego dans la gorge.

– Luc est ok. Je t'attends. Je t'aime.

Elle a raccroché. Je ne sais pas pourquoi ça ne m'est pas venu à l'esprit de m'inquiéter, mais je ne l'ai pas fait. J'ai simplement pris mon sac à dos dans le placard et j'y ai mis mes CD de Jacques Brel, U2 et Beau Dommage et la caméra que ma mère m'avait donnée pour mes quinze ans. J'ai dû l'arracher des mains de ma tante Sophie qui m'avait menacé de la jeter quand j'ai pris une photo d'elle à Noël, en train de vomir sur le vieux tapis vert à longs poils du salon.

M. Enrique est, et c'est le moins qu'on puisse dire, un conducteur plutôt excentrique. C'est aussi l'homme le plus bizarroïde au monde. Durant tout le trajet jusqu'à Montréal, il a parlé de son chat aveugle Rococo. Il m'a dit qu'il mangerait un être humain avant de manger son chat. Quel choix ! Je ne me souviens pas trop du reste du voyage en voiture – juste Rococo et M. Enrique et les seules phrases en espagnol dont je me souvienne, *¡Dos cervezas por favor !* avec des points d'exclamation à l'envers – très difficiles à trouver sur un clavier, en passant.

⚜

Ton père est mort. Cette phrase de quatre mots, dite par ma mère avec sa voix écorchée, rauque, a changé ma vie pour toujours. La mienne. La sienne. Celle de mon frère. Mon père est mort. MORT en lettres majuscules rouges, aussi énormes que les panneaux d'affichage à Times Square. Non. C'était plus gros et plus excessif que tout ce que j'ai vu à New York. Une bombe nucléaire qui explose dans mes poumons. Dix mille guillotines qui tranchent dix mille cous avec un son métallique criant de terreur. La navette Challenger qui se désintègre en plein vol au-dessus du Texas. Un choc électrique qui pousse le sang dans mes veines tellement fort et tellement vite qu'elles éclatent. Mon âme cherchait un endroit où se cacher de la douleur. Elle n'en trouvait pas.

Cette année-là fut pleine de surprises, et voici la première : la peine brûle comme l'enfer. Je vous jure que mon cœur s'est arrêté de battre. Que ma gorge s'est resserrée comme on serre ses deux poings. Et que mon ventre faisait mal comme si un loup avait mangé mes entrailles pendant que j'étais encore vivant.

Je me sentais comme un ordinateur ayant perdu la tête, avec des images qui défilent à toute vitesse sur l'écran. Mon père ne jouerait plus jamais avec moi à la lutte sur ce vieux tapis vert du salon qui cachait dans sa broussaille des Cheerios et des poils de chien et les pièces de dix cents tombées de ses poches de pantalon. On ne s'empiffrerait plus jamais de *Smarties* et de tarte au sucre et on ne jouerait plus de parties de poker, une après l'autre, le dimanche après-midi. Il ne ferait plus semblant d'être fâché en me disant de fermer la lumière de ma chambre après que minuit ait sonné, alors que je lisais des bandes dessinées de *Superman*. On ne regarderait plus *La Soirée du hockey* à la télévision, le samedi soir, couchés tous les deux sur le vieux sofa brun en mangeant du pop-corn.

J'ai entendu hurler au fond de moi : si cette chose qu'on appelle « âme » existe vraiment, c'était elle. Ma mère m'a pris dans ses bras. J'avais presque oublié la chaleur qu'ils m'avaient déjà donnée. Quand on a quinze ans, on ne fait plus ce genre de choses. Mais là, je voulais qu'elle m'y garde pour toujours.

2 | LA COLÈRE

Quand je me suis réveillé le lendemain matin, tout me semblait comme avant. Pour un moment. J'étais couché dans ma chambre, appuyé sur la tête de mon lit en forme de roue de bateau, dans des draps tout froissés aux motifs de cow-boys délavés. Les murs étaient aussi secs et froids qu'un désert de l'Arctique en hiver. Je regardais le plafond, fraîchement peint en blanc, imaginant une mer de neige infinie. J'aurais voulu plonger dedans, mais pas pour me noyer. Non. Pour me faire congeler. Pour geler le temps.

Ma guitare était appuyée sur le mur. C'était un cadeau de Noël de mon père. Le jour même, il m'avait montré trois chansons. Mon pupitre était à sa place habituelle, sous une tablette de livres bien rangés, par thème. Le pupitre avait appartenu à mon père quand il était enfant, et ses initiales étaient gravées dans le coin droit. J'avais fait le ménage dans mes livres, ma paperasse et mes notes de cours avant de partir pour New York. La seule chose qui restait sur mon pupitre était la photo de papa et de moi, assis à la table de la cuisine, riant à la caméra avec un gros bol de bonbons devant nous, tenant nos cartes de poker dans nos mains, devant nos poitrines. Je me souviens de la seconde même où tante Sophie l'a prise. C'était dimanche midi, et maman venait tout juste de nettoyer la table – une vieille table en pin – après le dîner, et Luc chantonnait en jouant avec des pots de margarine en plastique. Il y avait une chaudière sur le plancher parce que le tuyau de la salle de bain était brisé et que l'eau dégoûtait du plafond. Je venais d'avoir douze ans.

La première chose qui m'a frappé fut une vague de culpabilité tellement grosse que je pensais mourir. Pourquoi avais-je laissé mon père pour faire ce maudit voyage de fin d'année ? Je savais que papa avait fait des dépressions depuis qu'il avait perdu son emploi il y a quelques années. Il avait commencé à travailler sur les bateaux avant même qu'il n'ait seize ans et il adorait la mer et le fleuve Saint-Laurent. Un jour d'automne pluvieux, il chargeait des marchandises sur le pont glissant du cargo quand il est tombé et a bousillé son dos. Deux opérations n'ont pas aidé plus qu'il faut. Il a dû essayer de se faire embaucher des milliers de fois, mais les gens lui disaient tous qu'il était trop vieux et que le travail était trop dur. Ce fut le début de la fin. Il n'a jamais plus été le même après avoir perdu son emploi. D'après mon père, un homme qui ne travaillait pas n'était pas un homme.

⚜

Ce n'était pas comme si nous n'avions pas eu d'avertissement. Durant le petit déjeuner, par une journée chaude et étouffante de juin l'année dernière, maman m'a dit que tante Sophie et elle allaient magasiner et qu'elles amenaient Luc.

– Tu es un grand garçon maintenant, mon cœur, avait-elle dit à mon petit frère, en replaçant ses cheveux pour dégager son front. Tu as besoin d'une nouvelle salopette et de nouveaux shorts pour cet été.

Il l'a regardé d'un air sceptique. Elle a évité de justesse une crise de nerfs en lui promettant un cornet de crème glacée au chocolat quand ils auraient fini cette corvée. Puis, maman s'est tournée vers papa.

– Benoît, viens donc avec nous autres ?

– Mon amour, tu me l'as demandé une centaine de fois. Je vais être ok ici. Tu sais comment j'haïs ça magasiner.

Pendant qu'il lui parlait, papa n'a pas quitté des yeux ses mots croisés.

– François, tu vas revenir directement à la maison après l'école, m'a dit maman.

– Ok, ai-je dit.

Je savais qu'elle ne voulait pas que papa soit tout seul. Mais papa a quand même passé la journée tout seul. Quand je suis revenu, je l'ai trouvé étendu sur le prélart craquelé de la cuisine avec un verre de lait vide et le reste du flacon d'aspirines à ses côtés. Il y avait un bout de papier sur la table de la cuisine, sous une salière comme pour l'empêcher de partir au vent :

Je suis désolé. Je m'en vais à quelque part où c'est mieux.
J'suis écoeuré de ma vie.

C'était comme s'il m'avait giflé. Mes mains tremblaient quand j'ai composé le 911. Je me suis agenouillé près de lui en attendant l'ambulance. J'ai tourné sa tête pour qu'il me voie.

– Comment as-tu pu faire ça, papa ?

Il a essayé de dire quelque chose, mais il était comme soûl, comme s'il avait eu une patate chaude dans la bouche. Ça devait être l'effet des pilules. Je ne comprenais rien de ce qu'il disait. Après huit minutes et dix secondes, les ambulanciers sont arrivés et l'ont emmené à l'hôpital. Ils m'ont dit qu'il allait être correct, que c'était un homme chanceux parce que je l'avais trouvé à temps. Ils m'ont dit de ne pas m'inquiéter. Mais c'était impossible.

Je me suis inquiété de lui à partir de ce jour-là, et je pense que je n'arrêterai jamais, même s'il est mort et qu'il ne souffre plus maintenant.

Après avoir trouvé papa étendu sur le plancher, je me suis promis que je ne le laisserais plus jamais seul, hors de ma vue. Durant tout cet été-là, je l'ai suivi partout. Quand il allait marcher sur la rue Saint-Denis, je le suivais. Quand il était dans le garage, je flânais sur la véranda d'où je pouvais le voir. Quand il allait au *Canadian Tire* – lui et moi, on aimait ça aller voir les nouveaux outils – je l'accompagnais. Je pensais que tant que je le surveillerais, je pourrais le sauver. Quand l'école a recommencé, il semblait aller mieux et, à la fin des classes quand j'ai fait mon voyage à New York et l'ai laissé seul, je pensais vraiment qu'il était correct.

～

Maman a cogné à ma porte, sans l'ouvrir.

– Viens déjeuner, mon cœur.

– Je n'ai pas faim.

– Allez, viens, s'il te plaît.

J'étais de retour à la maison depuis trois jours, et chaque matin, quand la mort de mon père me revenait en tête, c'était comme si la foudre me transperçait le ventre. Il ne pouvait pas mourir comme ça. Il n'avait pas le droit. Point final. Vivre sans mon père était comme perdre un bras ou une jambe. Soudainement, j'avais cette image de moi-même quand j'avais l'âge de Luc. J'étais dans le garage pendant que mon père réparait la tondeuse à gazon. J'avais attrapé une mouche et étais sur le point de lui arracher les pattes. Papa m'en a empêché. Ce souvenir m'est revenu en tête comme une marée de peine.

J'ai enfoui mon visage dans mon oreiller pour étouffer mes sanglots. Comment allais-je passer au travers de la

journée ? J'ai entendu la porte grincer quand maman l'a
ouverte. Notre maison était si vieille qu'elle faisait toujours du bruit. Aussi longtemps que je me souvienne, la
porte de ma chambre a toujours grincé, comme dans les
films d'horreur. Le visage de maman était pâle, et elle
s'était fait une queue de cheval.

– Chéri, viens manger un petit quelque chose. Ça fait
assez longtemps qu'on t'attend.

– Je n'ai pas faim, ai-je répondu.

– C'est pas grave. Viens au moins boire un petit jus
d'orange.

Elle s'est assise sur le bord de mon lit et m'a pris la
main. J'ai tourné la tête vers le mur.

– Pourquoi papa est mort ? Pourquoi pas grand-papa à
la place ? Il dit toujours qu'il veut aller rejoindre grand-
maman au ciel.

– La vie est injuste. Je ne sais pas. Je n'ai pas de réponse
pour toi.

Maman a serré ma main très fort. Elle est retournée en
bas. Avec le plus grand des efforts, j'ai balancé mes jambes
de l'autre côté du lit et j'ai enfilé un chandail et un short.
Mon sac à dos était là où je l'avais déposé le soir de mon
retour à la maison. J'ai retrouvé le chandail des Rangers,
l'ai mis en boule et l'ai englouti dans le tiroir du bas de
ma commode.

Vêtu de son pyjama de *Batman*, Luc était assis à la table
de la cuisine qui tremblait de partout. Elle avait perdu une
patte, et papa l'avait remplacée par un manche à balai. Luc

a levé les yeux vers moi en essayant de sourire. Quand son regard s'est retourné vers son bol de céréales, il n'avait plus l'air de le reconnaître. Je n'avais pas faim non plus. Je ne pensais pas pouvoir garder quoi que ce soit dans mon estomac. J'ai passé en revue mes plats préférés pour voir si je pourrais avaler quelque chose, mais le cœur me levait, même à l'idée d'un gâteau au chocolat à deux étages. Maman m'a donné deux aspirines, et j'ai essayé de boire un verre d'eau.

Même si Luc était assis juste là, devant moi, essayant de noyer ses Cheerios avec sa cuillère, que maman arrosait méthodiquement la rangée de persil et de basilic qu'elle faisait pousser dans de vieilles boîtes de conserve sur le rebord de la fenêtre et que Spoutnik était à la porte de la cuisine, en train de se lamenter pour aller dehors en grattant son collier avec sa patte arrière, la cuisine sonnait vide comme une maison où il n'y a aucun meuble.

– Allez Spoutnik. Pas de promenade pour toi ce matin, a dit ma mère en tenant la porte pour faire sortir le chien.

Le chien avait été un autre beau cadeau que j'avais reçu à Noël. Je l'ai appelé Spoutnik parce que c'était facile à prononcer pour Luc. Les griffes du chien ont claqué sur le plancher jusqu'à ce qu'il sorte tout seul dans la cour arrière.

– Est-ce qu'on va devoir déménager ?

Je ne sais pas vraiment pourquoi j'ai posé cette question, mais ça me semblait désespérément important à ce moment-là. J'ai posé plusieurs questions désespérées et déconnectées cette année-là.

– Je ne sais pas, François. Ne pense pas à ça maintenant.

Maman lavait la vaisselle à la manière du robot R2D2 dans *Star Wars*. Son visage était sans expression, comme si quelqu'un avait drainé toute la vie et l'espoir hors d'elle. Quand elle a finalement cessé de laver ses assiettes – je ne peux pas dire qu'elle ait vraiment fini, elle s'est en fait arrêtée – elle a essuyé le comptoir abîmé avec le linge à vaisselle et l'a soigneusement plié avant de reprendre la parole.

– On va se faire beaux aujourd'hui, mes amours, parce que c'est la dernière fois qu'on va voir papa.

– Je reste ici. Je ne vais pas aux funérailles.

L'idée d'enterrer mon père me semblait absurde.

– Tu viens avec nous, François. Point final.

Elle a ouvert la porte de la cuisine pour faire entrer Spoutnik. Le chien a remué la queue et dressé les oreilles en regardant maman. Le visage de ma mère était décomposé. Elle s'est effondrée sur une chaise, en sanglotant.

⟞⟝

Je portais une vieille chemise noire, un pantalon noir et une cravate noire. La cravate était comme une corde avec un nœud coulant. Luc a revêtu un habit que j'avais porté il y a quelques années quand j'ai été le page au mariage de ma cousine. Il était beaucoup trop grand pour lui, mais il était noir. Maman n'avait pas de robe d'été noire, mais elle a trouvé au fond du placard une vieille jupe en laine noire et une blouse noire avec de petites boucles de satin sur chaque épaule. Nous nous sommes assis à la table de la cuisine en attendant tante Sophie.

Sur le mur de la cuisine, il y avait une horloge en forme d'Elvis Presley jouant de la guitare. Je ne pouvais pas m'empêcher de la fixer. Les aiguilles semblaient bouger trop vite, agrippant chaque minute. Plus le temps passait, plus je voulais vomir. Je redoutais les funérailles et tous ces yeux qui me regarderaient en disant : « *C'est le fils du pendu.* »

Tante Sophie est arrivée dans un nuage de parfum, portant un grand chapeau vert et des foulards de soie. Elle m'a pris dans ses gros bras. Tante Sophie rit tout le temps. Son rire est la bande sonore de sa vie. Ce matin-là, le rire était présent, mais discret, et ses yeux étaient rouges et boursouflés. Elle me parlait, mais son flot de paroles n'avait aucun sens pour moi. Elle s'est finalement arrêtée, et nous nous sommes assis silencieusement dans la cuisine.

Un homme du salon funéraire est venu nous chercher dans une limousine noire.

– Bonjour ! Je m'appelle Jerry, a-t-il dit d'un ton dont la chaleur était factice.

Je détestais la limousine. Elle était monstrueusement laide et froide. Je détestais tous les Jerry de ce monde. Ce Jerry conduisait si lentement. J'aurais voulu qu'il conduise à toute vitesse, qu'il brûle tous les feux rouges, qu'il nous *crashe* contre un grand mur de briques ou qu'il nous projette du haut du Mont-Royal. De cette façon-là, il n'y aurait pas de funérailles, et personne ne verrait la *famille du pendu.*

⚬⚬⚬

Il était deux heures de l'après-midi – un jour radieux et ensoleillé, ce genre de journée que vous aimeriez normalement parce que c'est le mois de juin, que l'air est doux et parfumé de lilas et que vous savez que l'école tire à sa fin. Ce n'est pas le genre de journée qu'on aimerait passer aux funérailles de son père.

Un autre grand homme est venu nous accueillir à la porte. Son nom était aussi Jerry. Il nous a souri. J'aurais tellement voulu arracher le sourire de sa maudite face sale.

– Bienvenue, Madame. Je voudrais vous avertir tout de suite : votre mari n'est pas... » sa voix s'est affaiblie peu à peu, puis il a poursuivi en disant, « mort par strangulation, vous savez... »

Il a incliné la tête et s'est mordu la lèvre supérieure.

– Vous êtes très chanceuse de le revoir une dernière fois. Si vous n'aviez pas découvert son corps au moment où vous l'avez fait, il aurait été impossible que la tombe de votre mari soit ouverte aujourd'hui. Vous comprenez, nous ne pouvons pas exposer le corps très longtemps.

Le corps. Mon père n'était rien d'autre qu'un corps mort, un cadavre, un morceau de viande qu'on ne peut pas garder trop longtemps sur le comptoir de la cuisine, parce qu'il va moisir. Je voulais lui mettre mon poing dans son gros ventre plein de graisse.

Il y avait des fleurs partout, surtout des œillets et des roses. Leur odeur âcre me donnait mal au cœur. Tout me donnait mal au cœur : la lumière tamisée, les sanglots qu'on étrangle, le voile pesant des habits noirs de ces humains figés, l'air climatisé du salon funéraire. Tout était froid, et tout était beige. J'haïs le beige. Le beige est ennuyant. C'est laid. Je détestais les gens qui choisissent la couleur beige pour les salons funéraires. J'aurais voulu du rouge.

Luc, maman et moi approchions lentement de la tombe lustrée en chêne. Ma mère nous serrait la main. Les siennes étaient glacées. Je ne voulais pas regarder dans la tombe, mais je n'ai pas pu m'en empêcher.

Il était étendu sur du satin blanc avec un visage plus pâle que d'habitude et un cou énorme. Je ne sais pas pourquoi, mais je ne pouvais pas m'arrêter de regarder ses cils qui tombaient sur sa peau grisâtre. Quelqu'un les avait recourbés. Je l'ai fixé pendant un moment, pour voir si ses paupières ou ses narines allaient bouger. Elles n'ont rien fait. Luc a grimpé sur le prie-dieu et a regardé papa.

– Papa, je suis tanné que tu sois mort. Lève-toi ! Joue avec moi, s'il te plaît. Juste un peu. Je vais t'aider à sortir de ton lit. Je te promets que je vais être sage.

Maman a pris Luc dans ses bras et a embrassé papa, d'abord sur le front puis sur les lèvres. Un frisson a parcouru mon corps. Je ne pouvais pas le toucher, même pas du bout des doigts.

On nous a laissés seuls avec lui pendant quelques minutes, jusqu'au moment où les Jerry ont ouvert les portes et laissé entrer les gens. Bruno est venu avec son père. Même si Bruno était mon meilleur ami depuis la troisième année, c'était la première fois que je le voyais en veston et cravate. Je ne savais pas quoi faire. Aurais-je dû lui serrer la main, le prendre dans mes bras ou l'embrasser ?

– François, mes sympathies, m'a-t-il dit.

Son père m'a serré la main.

– Merci.

Merci. C'est tout ce que je pouvais dire. J'ai vu mes amis Éric, Caroline et Mélanie, debout, derrière moi, ne sachant pas quoi faire de leurs dix doigts. Mélanie a le même genre de rire chronique que ma tante Sophie, mais ce jour-là, elle avait un kleenex tout taponné dans sa main droite, et ses yeux étaient rouges. Caroline était belle dans sa robe noire. Sa tête était appuyée sur l'épaule d'Éric. Elle était folle de lui – c'est ce qu'elle m'avait dit avant qu'on parte pour New York. Il y a un million d'années.

<hr/>

Quand le temps est venu de fermer le cercueil, un des Jerry a enlevé la montre de papa et son alliance de mariage et les a remises à maman qui me les a ensuite données. J'ai enfilé la montre sur mon poignet. Comme l'alliance était trop grande pour mon doigt, je l'ai glissée dans ma poche de chemise. La montre et l'alliance semblaient vibrer comme si elles étaient chargées d'électricité.

Un des Jerry nous a conduits au cimetière. Tous les sièges de la limousine étaient du genre cuir-blanc-qui-fait-mal-aux-yeux parce qu'il est trop brillant quand le soleil plombe dessus. Maman s'est assise entre Luc et moi. J'ai vu notre image dans le rétroviseur. C'était ma nouvelle famille.

~~~

Ils m'ont demandé de jeter une poignée de terre dans la fosse parce que j'étais le fils aîné. J'ai senti des gouttes de sueur me couler dans le dos. Par la suite, tante Sophie a pris ma main, même si elle était recouverte de terre, jusque sous les ongles. Son parfum me donnait mal à la tête.

Appuyé contre ma jambe, Luc voulait que je le prenne. Je l'ai pris dans mes bras, et il a déposé sa tête sur mon épaule, comme je le faisais avec papa quand j'avais son âge. Luc sait faire pas mal de choses : il peut lacer ses souliers, il peut compter jusqu'à vingt et il peut chanter une chanson en espagnol, mais il ne comprend pas grand-chose au concept de la mort.

– Est-ce qu'il y a de la lumière dans le cercueil une fois qu'il est fermé ? Est-ce qu'il peut m'entendre quand je lui parle ? m'a-t-il chuchoté à l'oreille.

Je voulais qu'il se la ferme, mais je n'ai rien dit. J'ai caché mon visage dans ses cheveux.

Ma mère a calmement lancé une poignée de terre sur le cercueil vernis, mais quand les hommes du cimetière sont arrivés et qu'ils ont commencé à pelleter la terre dans la fosse, elle s'est mise à crier : « *POURQUOI, MON*

AMOUR ? POURQUOI ? QU'EST-CE QUE JE VAIS FAIRE SANS TOI ? MON DIEU, POURQUOI M'AVEZ-VOUS FAIT ÇA ? VOUS NE POUVIEZ PAS ME FAIRE ÇA ! JE VOUS HAÏS ! NON ! »

Les gens ont tourné la tête pour mieux voir *La Veuve en pleurs*. Je pouvais voir Bruno qui essayait de prendre la main de son père. Ses yeux étaient remplis de pitié.

On pouvait presque respirer la douleur de maman qui flottait dans l'air. Un de ses frères l'a prise dans ses bras et l'a amenée à l'arrière de la limousine noire. J'ai aidé Luc à s'asseoir, puis me suis glissé sur le cuir blanc du siège arrière, à ses côtés. J'aurais tellement voulu prendre maman dans mes bras, mais mes bras étaient trop faibles. J'aurais tant voulu essuyer ses larmes, mais j'avais peur de m'y noyer. J'aurais eu une épaule où elle pouvait poser sa tête, mais elle était loin d'être assez forte. Je n'avais que quinze ans, j'étais maigre, faible et effrayé. Je me suis assis en silence et, par la fenêtre de la limousine, j'ai regardé passer l'été naissant comme on regarde des diapositives qui vont vite.

Après le cimetière, on est allés dans un restaurant quelque part dans le Vieux-Montréal, pour la réception. Ça aurait pu être un restaurant cinq étoiles ou une friterie mobile, je m'en foutais pas mal. Il y avait beaucoup de bouffe, et tante Sophie était dans son élément, balançant une assiette remplie de pâté chinois, de salade de patates et de sandwiches aux œufs pendant qu'elle montait la garde près de maman. Tout le monde voulait dire à ma mère que papa était trop jeune pour mourir, au cas où on ne s'en serait pas rendu compte. Après, ils se sont servis au buffet, ont parlé et ri comme si on n'était plus là. Mon grand-père et mon oncle Jean-Marc se sont assis près de moi avec une bière à la main. Jean-Marc n'est pas mon oncle préféré. En fait, je n'aime aucun de mes oncles. Ils sont aussi chaleureux que le Saint-Laurent au mois de janvier quand la glace bloque le fleuve. Jean-Marc parle très peu, comme s'il comptait les mots qu'il avait le droit de dire dans une journée et s'il en disait trop, il serait puni par un dieu vengeur.

– Hum... hum... François, maintenant, t'es l'homme de la maison, hein ? Il faut que tu prennes soin de ta mère pis de ton p'tit frère. Tu as beaucoup de responsabilités, tu sais.

Wow ! Trois phrases complètes une après l'autre ! Il ne m'a jamais autant parlé de toute sa vie.

– Ton père était un bon gars. Le temps va t'aider à oublier ça.

– J'pense.

C'est tout ce que j'ai trouvé à dire. Est-ce que j'avais subitement hérité des habitudes conversationnelles de mon oncle Jean-Marc ? Il m'a donné une petite tape sur l'épaule et a tiré sa révérence.

– Bonne chance, là !

Bonne chance. Pourquoi ? Avais-je gagné un billet de loterie ? Devais-je dire quelque chose ? Merci ? Que Dieu te bénisse ? J'aurais voulu frapper la table qui était remplie de sandwiches aux œufs sans croûtes, de tourtière et de salade de patates. J'haïs la salade de patates. C'est dégueulasse. J'ai retrouvé Luc, assis tout seul à la table voisine; il n'avait pas touché l'assiette de bouffe devant lui.

– Je suis fatigué. J'veux aller à la maison, m'a-t-il dit.

– Moi aussi.

Il a grimpé sur mes genoux, a déposé sa tête sur mes cuisses et s'est endormi. Je pouvais voir mon grand-père – le père de mon père – qui s'en venait vers nous. Par le temps qu'il a pris pour se rendre du point A au point B avec ses deux cannes, j'aurais pu jouer trois parties de *Mario Bros.* à la vitesse la plus lente. Je ne voulais pas lui parler. J'avais eu suffisamment de réconfort de mon oncle Jean-Marc.

– François. Ton père est mort, là.

Oui. Je le sais. Je le sais en maudit ! Je me disais que peut-être je pourrais faire semblant de perdre connaissance ou dire, « Sorry, I don't speak French. » Avec du recul, je réalise qu'il avait enterré son propre fils ce jour-là et qu'il aurait eu besoin d'une bonne dose de réconfort, mais je n'avais aucune sympathie pour lui. J'étais trop bouleversé pour comprendre la peine des autres.

– Désolé, grand-papa. Luc doit aller au lit.

Grand-père m'a regardé, du moins, je pense. Il avait un œil croche, donc je n'étais pas sûr. Ce jour-là, son œil croche m'enrageait au plus haut point.

Finalement, ma tante Sophie nous a reconduits à la maison. J'ai déposé l'alliance et la montre de papa près de sa photo sur mon bureau. Luc s'est couché avec moi dans mon lit. Il s'est serré contre moi, comme s'il avait peur que je disparaisse.

❧

J'ai passé au travers des derniers jours d'école sur le pilote automatique.

Je me sentais mal à l'aise avec mes amis. Bruno, Caroline, Éric et Mélanie. Ils essayaient tous de me réconforter par leurs sourires, mais je ne savais pas quoi faire de ces sourires-là. C'est quoi l'idée de sourire aux gens ? Qui veut sourire ?

On était amis depuis le temps où nos parents nous changeaient de couche et qu'on allait se balancer au parc en leur demandant de nous pousser toujours plus haut. On pouvait passer des journées entières ensemble, puis revenir à la maison et passer des heures au téléphone. On connaissait tous les trucs de *Mario Bros.* On savait exactement ce que chacun d'entre nous allait commander quand on allait au Resto-Régalo, là où l'on fait les meilleurs bagels que vous n'avez jamais mangés. On savait tous que Bruno avait un œil sur Caroline. Il adore danser – vous devriez le voir danser comme Michael Jackson sur *Billy Jean*, en ramassant l'électricité statique du vieux tapis vert du salon, uniquement pour faire rire Caroline. Le problème, c'est que Caro ne voulait pas sortir avec Bruno en tant que chum, vous savez ce que je veux dire. Elle avait le béguin pour Éric, qui était sérieux, tranquille et qui aimait porter un col roulé noir. Éric, le poète maussade, agissait comme s'il était inconscient du monde qui l'entourait. Tout ça avait déjà piqué ma curiosité, mais maintenant, toutes ces intrigues et ces drames – comme on voit dans les téléromans – me tombaient royalement sur les nerfs. Et ils étaient pourtant mes meilleurs amis.

J'ai abandonné mes pratiques de hockey. Mon père adorait le hockey.

Bien sûr, les plus grands changements se sont produits à la maison. Après les funérailles, on a arrêté de parler de papa. Notre douleur s'est creusé un tunnel, secret et confidentiel, à dix mille kilomètres sous terre. Luc a cessé de me réveiller à l'aube pour jouer avec lui et ses stupides blocs Lego.

Les pantoufles de mon père attendaient là où il les avait enlevées la dernière fois, côte à côte sous le vieux sofa brun devant la télé, comme s'il allait revenir pour les remettre encore une fois. Son *jean jacket* était encore accroché au dos de la chaise berçante, là où il s'asseyait après le souper. Il y avait encore des empreintes de boue provenant des pattes de Spoutnik qui avait sauté sur lui pour se faire flatter. J'ai offert de le laver, mais maman était furieuse.

– Ce jacket-là n'est pas sale ! Pas besoin de le laver. Ça sent comme lui. Le pin, a-t-elle dit d'un ton sec.

– Mais ça fait plus d'un mois qu'il est là, sur la chaise berçante.

– J'ai dit qu'il n'a pas besoin de se faire laver. Point final.

～

Luc était nouveau-né, et maman voulait se reposer; donc, papa et moi sommes allés faire une promenade au sommet du Mont-Royal. C'est une montagne au milieu de Montréal. Il y avait plein de monde. Les gens adorent la montagne à l'automne, surtout ceux qui ont des chiens. Ils y vont pour respirer l'air frais, quand ils sont écoeurés de la pollution de la ville, des embouteillages et d'autres affaires comme ça. Ce jour-là, mon père m'a montré comment reconnaître le petit thé des bois. C'est un genre de trèfle qu'on peut manger quand on est perdu et qu'on a faim. J'ai couru devant lui et quand je suis revenu sur mes pas, en le cherchant partout, il est sorti de sa cachette derrière un arbre et m'a crié « Beu ! » J'haïssais ça quand il faisait ça, mais il aimait me faire peur.

Juste après que papa soit mort, je suis retourné au sommet du Mont-Royal et me suis assis sous le même arbre, en attendant qu'il saute encore et qu'il me crie « Beu ! » Je suis resté assis là jusqu'à ce qu'il fasse noir, mais rien ne s'est passé. Peut-être parce que j'avais quinze ans et quand on a quinze ans, on est trop vieux pour ces histoires-là.

～

C'est bizarre les choses qui nous manquent. Durant les premières semaines, j'étais fâché parce que papa m'avait promis de me montrer des trucs pour tenir mes cartes et de me donner des conseils pour *bluffer* comme il faut. Il a emporté tous ses trucs avec lui.

~~~

À Montréal, les dimanches soirs de janvier sont si froids que la seule chose qu'on veuille faire, c'est de rester à la maison avec un gros bol de soupe et une pointe de tarte aux pommes chaude. Le fleuve était gelé, et papa était à la maison avec du temps plein les bras. Après le dîner, il a annoncé :

– T'as sept ans maintenant, mon gars, c'est le temps de te montrer à jouer au poker, m'a-t-il dit solennellement.

Maman était devant le lavabo, en train de laver la vaisselle avec du liquide au parfum de citron. J'ai toujours aimé cette odeur-là – je ne sais pas ce que ça me rappelle, mais de toute façon, on s'en fout pas mal. Quand je sens le citron, je pense aux années avant la naissance de Luc, au temps où la maison était encore douillette, le toit était solide et le garage et le jardin étaient en ordre et bien entretenus.

Papa avait nettoyé la table de bois égratignée et avait fait une pile de vieilles pièces de cinq cents au milieu. Il avait ouvert un paquet de cartes neuves.

– Benoît, pourquoi est-ce que tu prends des cartes neuves avec le petit ? C'est pour la visite.

Maman ne semblait pas fâchée, mais elle avait raison. Durant la semaine, quand mon père était à la maison et que mes parents jouaient aux cartes, ils utilisaient toujours le vieux paquet tout déchiré. Pour la visite, ils sortaient les cartes neuves qui glissaient bien sur la table.

– Parce qu'aujourd'hui, je montre à mon gars comment jouer au poker. Le paquet voleur, c'est pour les bébés. C'est l'heure de lui montrer comment les hommes jouent pour vrai.

J'étais emballé. Je pensais qu'aussitôt qu'on aurait joué une partie, j'allais grandir d'un mètre et que je saurais toutes mes tables de multiplication par cœur. Ce n'est pas arrivé, bien sûr. En fait, je n'ai jamais appris les tables de multiplication, c'est pourquoi je classe la calculatrice parmi les dix meilleures inventions au monde. Je regardais papa brasser les cartes et les faire glisser dans ses mains une à une, comme un ruban. J'aurais voulu l'imiter, mais mes doigts étaient encore trop petits et maladroits.

Parfois, maman jouait avec nous, mais elle n'était pas très bonne; elle n'était pas assez observatrice. Quand les gens jouent au poker, c'est important de les observer, surtout leurs yeux quand ils viennent de recevoir leurs cartes. Papa disait qu'apprendre à jouer au poker, c'était comme recevoir un cours sur l'être humain. Il faut apprendre à connaître ses forces, ses faiblesses, ses tics nerveux, ses humeurs. Je pense que je n'ai pas suffisamment joué au poker avec mon père parce que je n'avais pas réalisé qu'il cachait des cartes dans ses manches. Je ne savais pas qu'il pouvait tricher lui aussi.

Au début, on jouait seulement avec des pièces de cinq cents. Mais après quelques semaines, quand j'ai appris à tenir mes cartes assez près de moi pour que personne ne puisse les voir, papa m'a montré comment jouer aux « vraies » cartes comme le *straight poker* et le black jack. Il me laissait utiliser les pièces de cinq cents de ma banque en forme de petit cochon en porcelaine. Il gagnait souvent, mais même si je perdais, mon petit cochon ne perdait jamais de poids. Papa remplaçait toujours mes sous. Un jour, quand j'avais douze ans, je n'ai pas trouvé mon petit cochon. Il n'était plus sur ma commode ni sur mon pupitre. Quand j'ai demandé à ma mère où il était, elle a dit :

– Il s'est miraculeusement transformé en nourriture.

Elle ne riait pas.

Je n'ai plus jamais posé de questions sur mon petit cochon. Elle n'avait pas à me dire que papa avait perdu son emploi. La vie avait commencé à changer.

3 | L'INJUSTICE

Le long été chaud était finalement terminé. Luc portait de nouveaux souliers pour son premier jour à la maternelle, et on a pris une photo de lui, se tenant fièrement debout sur la première marche de l'autobus jaune. Je ne voulais pas assombrir sa première journée d'école, mais je redoutais le retour à la polyvalente. Tout ce que je voulais faire, c'était de m'enfermer dans ma chambre et de jouer de la guitare. J'avais besoin d'être seul.

Le premier choc de la journée a été d'apprendre la nouvelle que M. Enrique avait quitté l'école. On ne savait pas pourquoi, mais apparemment, son chat Rococo, végétarien et aveugle, était mort. On a eu un nouveau professeur d'espagnol.

Quand l'agitation de la première semaine d'école s'est apaisée, M. Lunes a donné des petits coups secs sur son bureau et nous a demandé :

– Qu'est-ce qu'une préposition ?

Je n'en avais aucune idée et j'espérais qu'il ne me le demande pas; mais parce que la vie est à ce point injuste, cruelle et ironique, il l'a fait.

– Jeune homme. Quel est votre nom ?

– *Me llamo François Grégoire.*

– *¡Muy bien ! ¿Y qué es el nombre de tu padre ?*

Je pouvais sentir sur ma peau le regard de tout le monde. J'aurais voulu que le temps s'accélère.

– *Mi padre se llama Benoît.*

– *¡Muy bien ! ¿Que hacé tu padre en la vida ?*

Qu'est-ce que mon père faisait dans la vie ? Mes camarades de classe ont figé dans une fascination glacée comme s'ils assistaient à l'écrasement d'un avion.

– *Por favor, ¿que hacé tu padre en la vida ?*

J'aurais voulu sauter à la gorge de M. Lunes et lui casser le cou, mais je n'en ai rien fait. Quand j'étais petit et que je n'aimais pas les cadeaux de Noël qu'on me donnait, je les lançais tout simplement sur le mur. J'ai appris à ne plus faire ce genre de choses parce qu'à quinze ans, on fait maintenant partie de la société adulte et qu'il faut maîtriser l'art de prétendre qu'on aime recevoir ce genre de mouton en argile sur lequel pousse de l'herbe, des bas de laine ou un livre sur le frère André. Cette leçon m'a aidé à rester assis à ma place et à répondre à la question de M. Lunes. Au lieu d'être condamné pour meurtre au premier degré.

– *Mi padre es marinero.*

– *¡Muy bien !*

J'avais dit « mon père *est* marin ». J'aurais dû dire
« était ». Je refusais d'utiliser l'imparfait ou le passé
composé. Je ne pouvais pas dire que mon père était mort,
même si toute la classe connaissait la vérité, et que Bruno,
Caroline, Éric et Mélanie sont tous venus aux funérailles
de mon père. Il aurait fallu qu'ils souffrent d'une sorte
d'amnésie collective pour ne pas savoir que mon père
s'était suicidé. J'étais le *fils du pendu*. Je pouvais imaginer le
dessin animé au petit écran : « Le Pendu contre la terrible
Face jaune qui sourit », « Le Pendu et la corde magique du
grenier ». Des pensées affreuses. Aussi incroyable que ça
puisse paraître, aucun de mes amis ne m'a jamais parlé de
ce cours d'espagnol. Je leur en étais fort reconnaissant.

À notre école, les gens reniflent les différences comme
des requins à la recherche de sang. On est supposé être
libre de s'exprimer, mais t'es mieux d'être comme tout le
monde, sinon attention. On aurait cru que j'étais habitué
d'être différent parce que j'étais plus pauvre que mes amis.
Je n'ai jamais été de ceux qui pouvaient s'offrir des vêtements chers et se payer les derniers gadgets dès qu'ils
arrivent sur le marché. Nous n'avions pas de résidence
secondaire en Floride ni de chalet dans les Laurentides.
Nous n'avions pas de bateau ni de deuxième voiture dans
l'entrée. Rien de tout cela. Nous n'avions même pas d'ordinateur. Mais de toute façon, être pauvre n'était pas si
grave que ça, comparativement à être le *fils du pendu*. Ça,
c'était quelque chose de complètement différent. En y
repensant, peut-être que les autres élèves me taquinaient

ou parlaient dans mon dos, mais à vrai dire, s'ils l'ont fait, je ne m'en suis pas rendu compte. Le deuil est un excellent anesthésique. Mais je ne le recommande pas.

⁓

Un soir, j'étais étendu sur mon lit en train de regarder jaunir le plafond de ma chambre, quand une nouvelle pensée a commencé à me ronger l'esprit. Qu'est-ce qui m'arriverait si ma mère mourait elle aussi ? Qu'est-ce qui arriverait à Luc ? Je laissais la porte de ma chambre grand ouverte pour entendre craquer les marches d'escalier si ma mère montait au grenier.

Un jour, maman avait quinze minutes de retard en revenant du bureau de poste où elle travaillait. Elle essayait d'accumuler le plus grand nombre possible d'heures supplémentaires mais, d'habitude, elle appelait pour m'en avertir. Cette fois-là, elle avait oublié.

Mon corps tout entier tremblait quand j'ai composé le numéro de téléphone.

– Bonjour ! Est-ce que Lisa Grégoire est là ?

– Non, désolée. Elle a quitté, il y a à peu près dix minutes.

– Êtes-vous certaine qu'elle n'est pas là ?

– Oui. Désolée. Est-ce urgent ?

– Non, non. C'est François, son fils.

– Ah ! Salut François ! Comment ça va ?

– Super !

Super était apparemment la bonne chose à dire, même si je me sentais tout sauf super. J'ai ouvert la radio et la télé, au cas où il y aurait eu des nouvelles d'un accident. Maintenant que mon père était mort, toutes les calamités étaient possibles. Je pensais que si ma mère mourait, moi aussi j'allais mourir. Ma mère et mon petit frère étaient tout ce que j'avais en ce bas monde. La seule pensée de perdre l'un ou l'autre m'était insupportable.

J'ai finalement vu les phares de son auto dans la cour. Vous ne pouvez pas vous imaginer quel soulagement ce fut. Elle a lancé son sac et ses clés sur la table dans le vestibule, comme un joueur de baseball qui lance la balle de toutes ses forces. Elle s'est assise sur le bas des marches d'escalier pour enlever ses bottes d'hiver. Il y avait eu une tempête de neige hâtive cet automne-là.

Je voulais lui crier :

– Te rends-tu compte à quel point j'étais inquiet ?

Au lieu de ça, j'ai dit :

– Maman, j'ai fait de la soupe aux légumes pour toi et Luc.

– C'est gentil, mais je n'ai pas faim, mon chéri.

Elle avait l'air épuisée.

– Il faut que tu manges quelque chose, maman.

– Je vais le faire, mon amour, mais plus tard.

C'était toujours la même chose. Plus tard. Elle ne mangeait plus. Chaque soir, elle se tenait debout devant le comptoir de la cuisine et épluchait des oignons – peut-être pour pouvoir pleurer devant nous sans avoir à se cacher. Son nettoyage obsessif de l'été dernier avait pris fin. Après avoir déposé la nourriture sur la table et nourri Spoutnik, elle passait au salon et s'asseyait sur le sofa devant le foyer jusqu'à ce qu'elle s'endorme, en serrant la veste de laine de papa dans ses bras.

Je rangeais tranquillement la cuisine et mettais Luc au lit. Ces jours-là, je m'efforçais d'être aimable. Je voulais montrer à tout le monde que j'étais fort, même si au fond, j'aurais voulu me laisser tomber et disparaître pour toujours sous le vieux tapis vert du salon.

⚬⚬⚬

La neige recouvrait les arbres et les toits comme un linceul blanc. Je commençais à m'attarder à certains mots, que je voulais dire et écrire sans arrêt. Il n'est pas surprenant que « linceul » soit l'un de ces mots. C'était tout à fait d'occasion.

Luc avait rapporté à la maison une lettre de la maternelle nous informant qu'il serait un mouton dans le spectacle de Noël. L'enseignante avait ajouté une note écrite de sa main disant qu'on n'avait pas à s'inquiéter. Il restait un costume d'agneau de Pâques de l'année dernière.

– Quand est-ce qu'on va faire le sapin de Noël ? a-t-il demandé au souper.

– Je ne sais pas, a répondu maman.

Elle m'a regardé en faisant un petit signe de la tête. Les décorations de Noël étaient bien empaquetées dans une boîte que l'on gardait au grenier. Personne n'y était allé depuis que papa était mort.

– Je ne le sais vraiment pas, a-t-elle répété.

❧

Même si on ne parlait pas de mon père, il était partout dans la maison. Chaque pièce était remplie de souvenirs : la table de la cuisine qui pouvait se transformer instantanément en table de poker, le vieux tapis laid du salon qui pouvait se changer en super matelas de boxe, les coussins bruns du sofa qui se métamorphosaient en la tente la plus confortable du monde entier.

❧

– François, il y a un appel pour toi.

Maman m'avait crié du salon, sans même bouger du sofa.

– C'est qui ?

– Bruno.

– Dis-lui que j'suis occupé.

Cinq minutes plus tard, maman cognait à ma porte. Je regardais une bande dessinée de *Superman* au lieu d'étudier mes maths. Je profite de l'occasion pour vous dire à quel point je déteste les maths. Elles sont supposées être logiques, mais rien n'est logique dans la vie. J'haïs aussi les cours de maths parce que Bruno est assis juste devant moi et qu'il passe son temps à faire le clown pour attirer l'attention de Caroline. Tous ces maudits enfantillages-là me tombaient tellement sur les nerfs.

Maman a ouvert la porte doucement, comme si elle avait peur qu'un piège lui saute au visage.

– Es-tu fâché contre Bruno ? Ça fait cinq fois qu'il appelle en deux jours, et tu dis toujours que t'es occupé.

– Je ne veux pas en parler.

– Bruno était ton meilleur ami. Là, tu ne veux même pas lui parler, ni à personne d'autre. Qu'est-ce qui se passe ?

– Rien.

– Avez-vous eu une chicane ? Est-ce qu'il a dit quelque chose ?

– Y a pas de problème ! Laisse-moi donc tranquille !

Elle a fermé la porte tranquillement. Une fois la porte fermée, elle a dit :

– Bien... Je ne sais pas quoi dire... Si tu veux me parler, tu sais que tu peux, mon cœur, maman est là. Je t'aime, mon chéri.

Bien sûr, je savais que je pouvais lui parler, mais ça ne me tentait pas. Et je ne voulais surtout pas pleurer devant elle. Je me disais que si je pleurais, elle pleurerait aussi, et nous ne nous arrêterions jamais. En fait, je ne voulais pas dire que Bruno aimait tourner les choses au ridicule et qu'il avait encore son père.

J'avais cette horrible chose, qui faisait vraiment mal, dans ma poitrine. Je ne sais pas qui a inventé l'image d'une personne au cœur brisé, mais elle savait vraiment de quoi elle parlait. C'est comme avoir un couteau planté dans l'œil droit et quand tu veux te distraire en lisant un livre, en écoutant de la musique ou en regardant un film avec des amis, tu en es incapable. La douleur remplit chaque petit coin et recoin de ton esprit, et tu ne peux pas te concentrer sur les choses que tu avais l'habitude de faire. Tu finis par te sentir complètement seul.

Je ne voulais pas non plus déverser tout mon désespoir sur Luc. Il n'était qu'un bébé. Tant qu'il avait *Passe-Partout*, Spoutnik et tante Sophie, il avait l'air ok, mais qui sait, au fond, ce qu'il pensait ? Mes amis n'avaient pas non plus l'air de s'apercevoir de quoi que ce soit. Voici ce que mes amis connaissaient au sujet de la peine : moins que rien. L'idée de la douleur selon Caroline, c'était d'avoir le béguin pour un gars qui préférait jouer au poète mélancolique, en portant un col roulé noir et en écoutant du Bob Dylan, que de s'intéresser à elle. L'état affectif de Bruno fluctuait selon les hauts et les bas des Expos de Montréal. Quant à Éric, il était un petit roux avec un nez retroussé et des broches, qui avait l'âme d'un chanteur de blues du Mississippi portant tous les malheurs du monde sur ses épaules. Mais il n'avait aucune idée de ce qu'était le deuil. Même le chien qu'il avait reçu en cadeau quand il était petit était encore vivant. Pour ce qui est de Mélanie, il était difficile de savoir ce qu'il y avait dans la tête de cette « rieuse en série ». Elle pouvait rire pour le Québec entier, pour l'Amérique du Nord au grand complet. Mais détrompez-vous. Je ne suis pas non plus ce genre de monstre qui veut voir souffrir ses amis. Je savais que j'avais l'habitude de pouffer de rire avec eux, mais quand j'étais en leur compagnie maintenant, c'était comme si quelqu'un m'avait jeté dans un puits profond, rempli de glace.

Vous pourriez penser que parmi les adolescents de mon école, il y en aurait eu d'autres dans le même bateau que moi, mais je n'en connaissais pas un seul. Il y avait une fille, Sylvie, dans mon cours de biologie, dont les parents avaient eu un divorce si affreux que ça avait fait les manchettes des journaux. Il y avait aussi d'autres enfants dont les parents avaient divorcé d'une façon moins dramatique, mais je ne connaissais personne dont un des parents était mort. J'avais honte de dire que mon père était mort. J'avais encore plus honte de dire qu'il s'était suicidé. Je ne voulais pas qu'on me prenne pour un genre d'extraterrestre.

⚜

Voici un conseil : évitez la joyeuse magie de Noël si vous vous sentez triste. Ça va vous tuer. Juste après l'école, le premier jour de décembre, je suis allé au centre d'achats. On y jouait de la musique du temps des fêtes à profusion. On pouvait entendre Bing Crosby chanter *White Christmas*, et Ginette Reno *J'ai vu petite maman hier soir* trois fois de suite. Je marchais dans l'allée de l'électronique au *Canadian Tire* quand j'ai cru voir mon père. L'homme portait un manteau comme le sien et avait peigné ses cheveux de la même façon. Je l'ai suivi, mais il n'arrêtait pas de disparaître entre les rangées de séchoirs à cheveux et de coffres à outils. Finalement, j'ai tourné dans une allée, et il était là, en train de prendre un grille-pain. Je pouvais voir son visage. Ce n'était pas lui.

❦

Luc était allé au lit, et maman s'était endormie devant le foyer du salon quand j'ai pris la laisse de Spoutnik. C'était une soirée froide avec une lune radieusement claire. Il y avait plein d'étoiles dans le ciel de Montréal. En marchant le long de ma rue, je pouvais voir à l'intérieur des maisons dont les rideaux n'avaient pas été tirés. Les gens avaient l'air horriblement heureux et bien au chaud. J'ai marché jusqu'à la maison de Bruno qui n'est pas très loin de la mienne, en bas de la côte. J'ai pensé que peut-être on pourrait parler ou jouer au Nintendo, comme on avait l'habitude de le faire au temps où on croyait encore que les *Transformers* allaient sauver la planète, mais quand je me suis approché de sa maison, j'ai vu que son père et lui étaient dans le garage en train de réparer la voiture. Je suis retourné chez moi avant qu'ils ne m'aperçoivent.

❦

Vous pourriez vous demander où était le reste de ma famille durant toutes ces semaines. Nulle part, sauf tante Sophie. Chaque semaine – ou toutes les deux semaines – ma mère nous emmenait visiter grand-papa dans sa maison de retraite. Il demandait toujours pourquoi mon père n'était pas venu avec nous. Parfois, il m'appelait Benoît.

Peut-être que la nature avait été assez généreuse pour lui faire oublier que son fils était mort.

Quant à tous mes oncles – et j'en avais des tonnes – je ne me souviens pas de les avoir vus cette année-là. Notre famille est énorme, mais ce n'est pas rare au Québec. Ma mère a six frères et mon père, dix. Et il y avait toutes mes tantes et leurs maris. Ils ont appelé ma mère de temps en temps, mais je ne me souviens pas qu'ils aient fait l'effort de venir nous voir, Luc et moi. Mon père était une honte, un suicidé.

Mon oncle Jean-Marc s'est éclipsé de nos vies. Pour la première fois de ma vie, j'aurais eu besoin de lui. J'aurais voulu qu'il m'appelle pour me dire quelque chose comme :

– Hé, François ! Qu'est-ce que tu fais cet après-midi ? J'ai deux billets pour les Expos. Veux-tu venir avec moi ?

Ou :

– Ça te tenterais-tu de m'aider à réparer mon vieux char ? Le silencieux est tout cassé, mon gars. Pis tu sais quoi ? Après ça, je pourrais même te montrer à conduire.

Il ne l'a jamais fait. J'ai entendu maman dire à tante Sophie que mon oncle Jean-Marc aimait beaucoup boire de l'eau, la sorte que l'on met dans un genre de plateau et qui se transforme en glaçons, puis flotte dans un verre de whisky.

~

Je voulais faire en sorte que Noël se passe bien pour mon petit Luc. Pour éviter d'aller chercher les boîtes de Noël dans le grenier, j'avais acheté de nouvelles guirlandes et décorations au *Canadian Tire*. Luc était couché en boule devant la télé, en train de regarder *Bobino*, quand je suis arrivé avec mes sacs. Les rideaux étaient fermés, comme pour cacher la noirceur qui arrivait maintenant à cinq heures de l'après-midi. Je suis entré dans la cuisine et j'ai déposé les sacs sur la table.

– Pourquoi t'as acheté ces affaires-là, François ? Combien t'as dépensé pour ça ?

Maman semblait épuisée.

– C'est Noël, au cas où tu ne l'aurais pas remarqué !

– Quel argent t'as pris pour acheter ça ?

– L'argent que grand-papa m'avait donné pour ma fête, l'année passée.

Elle m'a regardé comme si j'étais *Spock* dans *Star Trek*. *Spock* me faisait tellement peur. Tout comme Barbra Streisand et Denise Bombardier. Quand j'étais petit et que j'étais couché au creux de mon lit dans le noir, j'avais peur que ces trois-là viennent me kidnapper dans ma chambre. J'étais un peu bizarre, je dois l'avouer. C'était une pensée terrifiante à l'époque, mais maintenant, ce serait un soulagement s'ils venaient me visiter.

En fronçant les sourcils, maman s'est versé une tasse de café noir.

– La prochaine fois, avant d'acheter des niaiseries comme ça, pense donc à acheter de la nourriture. Ce serait pas mal plus utile.

C'était le « merci » que j'ai reçu. J'ai laissé les décorations de Noël sur la table de la cuisine et suis allé dans ma chambre.

⚜

Malgré les décorations et les débuts sur scène de Luc dans un costume de mouton blanc et rose, Noël avait été un gros zéro. Maintenant, je pouvais ajouter Noël à la longue liste des choses que je détestais, qui comprenaient, évidemment, aller à l'église le dimanche et laisser mes clés à l'intérieur en sortant de la maison. Tante Sophie avait suggéré d'aller au restaurant pour le réveillon de Noël, et grand-papa nous avait invités au *Super Noël en famille* à sa maison de retraite – son hospice, autrement dit. Maman leur a dit que nous avions besoin d'être seuls, donc Luc et moi sommes restés assis dans le salon, avec les guirlandes suspendues autour des fenêtres, devant un feu qui crépitait dans le foyer. C'était notre super divertissement, regarder le feu.

Aussi loin que je me souvienne, on a toujours eu une routine en famille. À six heures pile, avant que l'on s'assoie devant nos assiettes de saumon, maman et papa nous donnaient nos cadeaux de Noël. Luc et moi achetions à maman une chandelle qui sentait le pin dans un chandelier en forme de chaton que l'on voit dans les publicités de *Cottonelle*. Elle essuyait ses yeux quand elle ouvrait la boîte et nous remerciait.

– Excusez-moi. Je n'ai pas emballé vos cadeaux cette année, les gars, mais ils sont ici. François, c'est pour toi.

C'était un sac à dos pour l'école. J'espérais avoir un *PlayStation*, mais je savais fort bien que je n'en aurais pas.

– Et Luc, y a quelque chose pour toi aussi.

Une boîte à lunch des *Fraggle Rocks*. Maman n'a pas attendu qu'on dise quoi que ce soit. La face blanche comme de la farine raffinée, elle a gravi l'escalier en courant jusqu'à sa chambre. Je l'ai entendue fermer la porte. Elle a dormi toute la nuit.

❀

Luc et moi étions donc laissés à nous-mêmes. C'était trop tôt pour le mettre au lit, donc on s'est assis sur le tapis, Spoutnik entre nous deux, et on a regardé *La Vie des gens riches et célèbres* à la télé. J'ai prié pour l'Apocalypse ou la Troisième Guerre mondiale ou Barbra Streisand et Denise Bombardier – n'importe quoi qui me ferait sortir de cette maison vide et triste.

Quand je suis retourné à l'école, après ce qu'on peut appeler charitablement des vacances, Bruno avait plein de bonnes nouvelles au sujet des cadeaux – un *PlayStation*, un nouvel ordinateur, une planche à neige, des lunettes de soleil Vuarnet – que son père lui avait donnés. Je n'avais rien à dire.

❀

Même si le temps avait passé depuis le suicide de papa, Luc était convaincu qu'il reviendrait un jour. J'étais assis sur le plancher de la salle de bain, en train de feuilleter une bande dessinée pendant que Luc jouait dans le bain. Il a mis sa tête sous l'eau pour que je puisse rincer ses cheveux et il a fermé ses yeux pour ne pas recevoir de savon.

— Quand est-ce que papa va revenir pour de bon, François ? Maman dit qu'il est parti pour l'éternité. C'est quoi l'éternité ?

Luc avait toujours des questions qui nous laissaient sans voix.

— Est-ce que papa peut arrêter d'être mort pour ma fête ? Est-ce que j'ai tué papa parce que je lui ai dit une fois que je ne l'aimais plus ? C'était pas vrai, tu sais, François.

J'essayais de faire de mon mieux, mais tout ce que je voulais, c'était qu'il se la ferme une fois pour toutes. Est-ce que j'avais tué papa parce que je l'avais laissé seul pour aller à New York ?

⚍

On était samedi soir, tard. J'entendais la télé jouer, mais quand je suis arrivé en bas de l'escalier, le salon était vide. J'ai senti un vent froid et réalisé que la porte d'entrée était grand ouverte. Je suis sorti sur la véranda. Luc était debout sur la glace qui recouvrait l'asphalte de l'entrée, les pieds nus.

— Luc !

Il n'avait pas l'air de m'avoir entendu.

— Qu'est-ce que tu fais, Luc ?

J'ai vu qu'il avait pris la corde à linge de la cour arrière et qu'il l'avait mise autour du cou de Spoutnik.

– Pour l'amour du bon Dieu, qu'est-ce que tu fais là ?

– Je veux que Spoutnik se suicide.

– Arrête ça tout de suite ! Es-tu malade mental ?

J'ai sauté en bas des marches et j'ai arraché la corde à linge du cou de Spoutnik.

– Je veux que Spoutnik aille retrouver papa.

Je ne savais pas quoi faire ou quoi dire. J'étais pris au dépourvu. Spoutnik s'est secoué les poils et a gravi, d'un pas lent, les marches de l'escalier. Il s'est arrêté sur la véranda et nous a regardés, avec un air de reproche, avant d'entrer dans la maison.

Luc était dans un mode de questionnement ultra rapide.

– Est-ce que ça fait mal de mourir ? Qu'est-ce que tu manges sous la terre ? Qui va dire à papa de revenir à la maison ?

Je me suis accroupi près de lui, dans la neige. Que pouvais-je faire d'autre que de l'écouter ?

– François, Luc, qu'est-ce que vous faites là, pour l'amour du bon Dieu ? Êtes-vous tombés sur la tête ? Vous allez attraper froid, là ! Rentrez dans la maison tout de suite !

Maman semblait apeurée.

Je n'avais jamais eu aussi froid. Le ciel était rempli d'étoiles. Je voulais que Luc comprenne une fois pour toutes que papa ne reviendrait plus jamais et qu'il devait laisser Spoutnik tranquille – pauvre chien. Les grands yeux bleus de Luc m'ont regardé comme si j'étais un genre de *Superman*.

– Luc, quand on meurt, on n'a plus besoin de rien manger.

– Même plus de chocolat ?

– Même le chocolat.

– Est-ce que je vais mourir, moi aussi ?

– Pas aujourd'hui, c'est certain ! Pas demain non plus. Ne t'inquiète pas de ça.

– Est-ce que je peux parler à papa pendant qu'il est mort ?

J'aurais aimé qu'il puisse le faire. J'aurais aimé le faire moi aussi.

– Bien sûr, que tu peux. Dans ton cœur. Tu peux lui dire toutes les choses que tu veux dans ton cœur.

– Est-ce qu'un jour je vais pouvoir lui parler avec toi ?

– On peut le faire tout de suite si tu veux.

Mes yeux commençaient à pleuvoir, comme aurait dit Luc, mais je ne voulais pas les laisser pleuvoir devant lui. J'ai pris une grande respiration et je l'ai porté dans mes bras jusqu'en haut de l'escalier, dans sa chambre. Je pouvais entendre maman, en bas. Dans la cuisine, le robinet coulait. Luc a enlevé ses bas, et je lui ai donné son *Caillou* en peluche.

On s'est agenouillés au pied de son lit et je lui ai montré comment mettre ses mains ensemble pour prier, quelque chose que ma famille ne faisait pas souvent, sauf aux funérailles, aux baptêmes et aux mariages. À vrai dire, je n'avais aucune idée de ce que je faisais, mais Luc me

regardait avec une si grande confiance que je n'avais
d'autre choix que d'improviser.

– Ok, voici ce que tu dois faire, Luc. Il faut que tu
répètes après moi.

– Après moi, a-t-il dit, en serrant ses yeux très fort.

– Papa.

– Papa, a-t-il dit tout doucement.

– Bonne nuit, du fond de mon cœur.

– Bonne nuit, du cœur de mon fond de culotte.

– Arrête ça tout de suite ! C'est loin d'être drôle !
J'essayais d'avoir l'air sévère.

– Excuse-moi. Bonne nuit du fond de mon cœur.

– Papa, je t'aime beaucoup, ai-je dit, en soufflant les
mots comme on soufflerait de la plume.

– Moi aussi, a-t-il dit.

Je l'ai embrassé sur les joues et l'ai serré très fort dans
mes bras. Il a grimpé dans son lit. Je l'ai bordé comme il
faut en prenant soin de mettre les couvertures sous son
menton. J'ai poussé sa mèche rebelle sur son front.

Il y avait une photo, que j'avais prise au mois de mai
dernier, dans un cadre en forme de *Snoopy*, sur la petite
table de chevet, à côté du lit de Luc. Le pommier dans la
cour arrière était en fleurs. Maman se tenait devant, à côté
de papa. Luc était perché sur les épaules de papa et riait en
regardant la caméra. Les fleurs les entouraient comme une
auréole de couleur rose. J'ai regardé la photo, éteint les
lumières, fermé la porte et suis allé dans ma chambre. Et,
comme dirait Luc, mes yeux se sont mis à pleuvoir fort.

4 | LA TRISTESSE

1993. Bill Clinton a succédé à George Bush comme président – plus jamais de vomi sur le premier ministre du Japon. À New York, un camion rempli d'explosifs, stationné sous la tour nord des tours jumelles, a explosé, tuant six personnes et en blessant plus de mille. Kim Campbell est devenue la première femme premier ministre du Canada. Pendant à peu près cinq minutes. Yasser Arafat et Yitzhak Rabin se sont serré la main à Washington D.C. après avoir signé un accord de paix. Le *Parc Jurassique* et la *Liste de Schindler* ont pris l'affiche au cinéma. Eric Clapton et k.d. lang ont gagné un *Grammy*, tandis que Richard Séguin et Marie Carmen ont remporté les *Félix* de l'interprète de l'année. Je commençais à remarquer ce genre de choses, mais j'étais encore loin de tout savoir.

Pendant que l'hiver s'étirait, je commençais à passer mes vendredis après-midi à vélo dans le cimetière du Mont-Royal au lieu d'aller à l'école. C'est un bon vingt minutes de vélo, en pente, et je peux vous dire que c'est assez long pour vous geler le nez deux fois de suite. Je ne voulais pas qu'on le sache, surtout pas maman. Je savais qu'elle venait au cimetière elle aussi, parce qu'il y avait souvent des traces dans la neige et des fleurs fraîches sur la tombe, mais je ne voulais pas qu'elle sache ce que je faisais. Elle aurait probablement *viré sur le top* si elle avait su que je faisais l'école buissonnière. Mais surtout, c'était quelque chose de tellement personnel, que je devais garder ça pour moi. Je m'asseyais près de la pierre tombale, prenais un livre et lisais jusqu'à ce qu'il fasse tellement froid que je ne puisse plus sentir mes doigts gelés. Parfois, j'avais de grandes conversations avec lui – plutôt des monologues, à vrai dire :

– Hé, papa ! C'est comment la vie là-haut ? Sais-tu à quel point tu me manques ? Luc parle de toi tout le temps. Il pense que tu vas revenir un jour. J'ai essayé de lui expliquer, mais il ne comprend pas. Spoutnik ne fait pas beaucoup d'exercice de ce temps-ci. Es-tu fâché qu'on le laisse seulement sortir dans la cour arrière ? Pour maman, c'est différent. Elle ne parle presque plus. Elle va au travail, revient à la maison, épluche des oignons, prépare le souper, lave la vaisselle et s'assied devant le foyer. C'est à peu près tout ce qu'elle fait. On n'a pas touché à tes pantoufles depuis que tu es parti. Ça fait bizarre de dire que tu es *parti*. Si seulement je savais où tu es parti, mais je ne le sais pas. Personne ne le sait.

Parfois, je me sentais proche de lui. D'autres fois, à des galaxies.

Les derniers jours gris et humides du mois de mars n'en finissaient plus. Tante Sophie avait amené Luc au *Dunkin' Donuts*, et maman était encore au travail. On avait une chandelle en forme de hibou sur la tablette de la cheminée du salon. Je l'ai prise, l'ai déposée en plein milieu de la table de la cuisine et l'ai allumée. J'ai aussi pris une des chaises de la cuisine et l'ai placée au centre de la pièce.

– Papa, si tu m'entends, s'il te plaît, fais bouger la chaise.

Elle n'a pas bougé d'un centimètre.

Ma mère passait de plus en plus de temps au travail. Elle disait qu'elle faisait des heures supplémentaires pour payer les taxes de la maison. Elle avait adopté ce mantra :

– Je prie le bon Dieu pour qu'il me donne une bonne santé et que je puisse garder mon travail. C'est tout ce que je demande.

Plus elle le disait, plus j'étais terrifié à l'idée qu'elle tombe malade et meure.

Je manquais de plus en plus d'école, parce que je ne pouvais plus supporter Bruno. Surtout quand il me parlait de cette fille en secondaire cinq qu'il trouvait si belle, si intelligente, si extraordinaire, si n'importe quoi. L'amour. Quelle idée invraisemblable. Même si c'était un changement agréable, parce qu'il ne me cassait plus les oreilles avec sa Caroline, ça me rendait malade de l'écouter. Un jour de printemps, alors qu'il y avait de la boue partout mais qu'il y avait cette fraîcheur dans l'air qui faisait de Montréal la plus belle ville au monde, je venais d'enlever le cadenas de mon vélo, en face de l'école. J'avais juste le temps de faire l'aller-retour au cimetière avant d'aller chercher Luc à la garderie. J'ai levé les yeux et j'ai vu Bruno, debout devant moi.

– François, man, qu'est-ce qui se passe ?

– Rien. Qu'est-ce que tu veux dire ?

– Arrête ça. Je ne suis pas aussi stupide que j'en ai l'air.

– Je n'ai jamais dit que tu étais stupide.

– T'es jamais à la maison quand j'appelle et t'arrêtes jamais chez nous, comme tu le faisais avant, quand tu fais une promenade après le souper. Tu veux que je te dise quelque chose ?

– Quoi ?

– Peut-être que t'as perdu ton père. Ok. Je suis désolé pour toi. Mais j'ai perdu mon meilleur chum. Je t'ai perdu.

Son visage avait la même couleur que l'habit du père Noël ou des canettes de Coca-Cola – à vous de choisir.

– Toi aussi, tu me manques, man, ai-je dit.

– C'est dur pour moi de te dire ça, mais je veux que mon chum revienne au plus vite. Tu sais, le gars avec les cheveux jaunes bizarres pis la planche à roulettes sous le

bras. Tu sais, la petite peste gâtée ? Attends une minute.
Ce n'est pas toi ! C'est Bart Simpson.

– Attends... je me roule par terre, ah, ah, ah, ah et ah,
ai-je répliqué d'un ton sarcastique.

J'ai enfourché mon vélo, ne sachant plus quoi dire.
Bruno a continué à parler, et sa voix a commencé à être
plus aiguë, comme à l'époque où on était en deuxième
année :

– Non mais, sérieusement, t'es mon meilleur chum. Tu
te souviens quand tu venais chez moi tous les soirs
pendant deux mois quand on était en cinquième année,
parce que je m'étais tordu le cou en faisant du break
dancing sur la musique de Michael Jackson ? Y est où, ce
gars-là, François ? Y est où, hein ? Je le cherche, tu sais,
mais il s'est transformé en un genre de monstre qui a peur
de rire. Il me manque, tu sais ?

Bruno pleurait. Je ne l'avais jamais vu pleurer avant –
sauf quand il s'est tordu le cou.

– Je ne sais pas où t'es parti, mais reviens...

Il m'a pris dans ses bras, juste là, en face du support à
bicyclettes. J'ai commencé à pleurer moi aussi. S'il y avait
des gens qui nous regardaient, et je suis sûr qu'il y en
avait, je ne les ai pas vus.

– Je m'excuse, man, ai-je dit.

– Non, c'est moi qui m'excuse.

– Je me sens comme dans un film de filles.

– Moi aussi.

On a ri tous les deux.

– Veux-tu venir chez moi ce soir ? Il faut absolument
que tu essaies mon nouveau *PlayStation*. Tu vas voir, c'est
super le fun !

– J'sais pas.

– Viens donc, François !

Je réalisais à quel point Bruno me manquait et j'ai
hoché la tête.

– Super ! Sept heures et demie, ça te va ?

Je n'avais pas oublié le cimetière, mais en marchant à
côté de mon vélo, je suis rentré à la maison avec Bruno.
Quand on est arrivés devant chez moi, il a mis sa main sur
mon épaule, comme il avait l'habitude de le faire. Ni lui
ni moi n'avons dit un mot, mais on était redevenus amis.

Début avril. Les jours allongeaient, et les bancs de neige,
qui obstruaient notre rue, avaient presque complètement
fondu.

J'avais manqué l'école ce jour-là – et les deux jours
précédents – pour aller au cimetière. Les crocus et les
tulipes sortaient de terre.

Quand je suis arrivé à la maison, Luc était assis en indien
devant la télé, en train de regarder *Passe-Partout*. Ma mère
avait pris racine à sa place habituelle, devant le lavabo de la
cuisine, et lavait la vaisselle comme si elle n'avait pas bougé
depuis le matin.

– Comment ça va, mon cœur ?

– Bien. Comment a été ta journée ?

J'ai fouillé partout dans l'armoire au-dessus de la cuisinière pour mettre la main sur un biscuit. J'en ai trouvé un, l'ai cassé en deux et en ai donné la moitié à Spoutnik.

– Bien. Et toi ?

– Bien. Je viens juste de te le dire.

– Quels cours avais-tu aujourd'hui ?

– Euh... maths pis biologie.

Il y avait quelque chose dans sa voix qui aurait dû m'avertir.

– Qu'est-ce que t'as appris aujourd'hui ?

– Plusieurs choses. Pourquoi ?

– Parce que la secrétaire de l'école a appelé pour me dire que tu ne t'étais pas pointé à l'école.

Elle a essuyé ses mains sur le linge à vaisselle et m'a regardé avec ce regard de « je-sais-tout-donc-n'essaie-pas-de-me-mentir-ok-là » qui gèlerait en deux secondes le moindre ours polaire de la terre.

– Où étais-tu, François ? Ne me laisse pas te poser la question une deuxième fois !

– J'étais au cimetière. Es-tu contente, là ?

– Qu'est-ce que tu faisais là ?

Je fixais du regard les tourbillons gris dans les tuiles de prélart sur le plancher.

– Je rendais visite à papa.

Elle n'a rien dit pendant une couple de secondes. Elle m'a seulement regardé avec un air d'écœurement comme quand j'avais six ans et que j'échappais plus de crème glacée sur le plancher que j'en mangeais. *Excuse-moi, maman, je suis un gâchis.*

– Lundi prochain, au lieu d'aller au cimetière, tu vas aller voir le psychologue de l'école. J'ai fixé un rendez-vous pour toi.

– Je ne veux pas voir le psychologue. Je ne suis pas un malade mental.

– Malade mental ou pas, tu vas y aller quand même ! *Point final.*

J'ai gravi l'escalier comme si je pesais plus de trois cents livres et j'ai claqué la porte de toutes mes forces derrière moi. J'ai pris ma guitare et me suis assis sur mon lit, martelant les cordes, mais je n'arrivais pas à étouffer les pleurs de Luc, au salon. Il avait probablement entendu notre chicane et avait peur que ce qui restait de sa famille se fragmente encore plus.

5. | LES STRATAGÈMES

Le lendemain matin, j'ai dormi jusqu'à dix heures. Quand je suis descendu déjeuner, la maison était vide. La laisse de Spoutnik n'était plus accrochée à la patère, donc je savais que maman et Luc étaient allés se promener. Il y avait un petit coffre en bois sur la table. J'ai lu la note pliée en deux sur le dessus du coffre :

François, c'était à papa. Prends en soin.

Je l'ai tenu dans mes mains pendant un moment avant d'ouvrir le fermoir en métal. Il contenait une pipe cabossée – je n'avais jamais vu papa fumer – une couple de photos de lui quand il était plus jeune – environ vingt ans – debout sur un quai et un jeu de cartes au moins aussi vieux que les photos. Quand j'ai retiré les cartes de leur boîte de carton, un papier froissé est tombé sur le plancher. Je l'ai déplié :

*Le 14 août 1953. Nous, les Compagnons de l'Ordre loyal
du poker, promettons de nous rencontrer le 14 août 1993,
à 9 heures du soir, pour une réunion Au Bleu Marin,
142, rue Chester, à Toronto. Mot de passe : black jack.*

En 1953, mon père avait seulement vingt ans, mais son
écriture n'avait pas changé. Je ne l'avais jamais entendu
parler des Compagnons de l'Ordre loyal du poker ou
d'autres groupes du genre. En fait, la seule fois, selon mes
souvenirs, qu'il avait parlé de Toronto, c'était quand il
avait fulminé contre les Maple Leafs. J'ai replié le
morceau de papier et l'ai replacé entre les cartes. J'ai
apporté la boîte en haut et l'ai rangée dans le tiroir de ma
commode, à côté du chandail des Rangers. La note de la
boîte avait évidemment été écrite en blague; c'était il y a
presque quarante ans, et ça faisait allusion à quelque
chose que tout le monde avait probablement oublié – *si*
ces gens-là étaient encore vivants. Je me sentais comme
si j'avais gagné le million à la loterie. Je sais que ça peut
paraître fou, mais je pensais que si je pouvais me rendre à
la réunion, je reverrais mon père. Je ne peux pas l'expliquer. Ce n'est pas comme si j'étais du genre à fabuler. Je
savais ce qui était réel et ce qui ne l'était pas. Je voulais y
croire, c'est tout.

6 | L'INVENTION

Quand je suis revenu de l'école, un après-midi de printemps pluvieux, la porte arrière était débarrée. Je savais donc que maman était arrivée elle aussi. Elle était assise sur le plancher du salon avec des photos éparpillées autour d'elle.

– Il me manque tellement.

Elle était recroquevillée sur elle-même et se berçait, entre deux sanglots.

– Il fallait que je regarde nos photos de mariage. On était tellement heureux.

Finalement, elle a essuyé ses yeux avec les lambeaux de Kleenex qu'elle avait dans sa main.

– Excuse-moi. Je ne me suis pas rendue compte qu'il était si tard. C'est l'heure de faire le souper.

Je mourais d'envie de parler de papa avec elle, mais c'était comme si toutes mes émotions étaient enfermées dans un coffre-fort dont on avait égaré la clé. Je suis monté dans ma chambre sans dire un mot.

~~~

Quand le printemps revient dans notre rue et que la neige fond, les mitaines et les tuques enfouies dans la neige durant tout l'hiver refont surface comme des fleurs exotiques. J'ai commencé à m'apercevoir qu'il pouvait y avoir des heures entières où le deuil redescendait comme la marée et laissait des vagues de vie normale derrière lui. C'était comme retrouver une mitaine perdue quand on l'a complètement oubliée. C'était comme penser à ce qu'on va manger pour souper, à ce qui joue au cinéma ou à faire ses devoirs d'espagnol avant ceux de sciences. Tranquillement, très tranquillement, je commençais à préférer la compagnie de mes amis à la solitude. Leurs blagues étaient encore très plates, mais je savais qu'ils faisaient de leur mieux pour être gentils, et ça comptait beaucoup à mes yeux.

~~~

Mes nuits demeuraient horribles, tandis que mes journées se passaient de mieux en mieux. Aussi pénible ça pouvait être d'accepter que mon père soit mort, ça l'était encore plus d'accepter qu'il se soit suicidé. Nuit après nuit, couché dans mon lit, je pensais à mon père, pendu à la poutre du grenier, entouré des boîtes de linge de bébé, de la vieille machine à coudre et des boules de Noël rouges et vertes. Ça aurait été plus facile de croire qu'il avait été tué par un étranger que d'admettre qu'il s'était tué lui-même, parce qu'il y aurait eu quelqu'un d'autre à haïr et à maudire. Je ne pouvais pas maudire mon propre père.

Un homme de la compagnie d'assurances est venu parler à maman.

– Aide Luc à finir de manger son dîner, m'a-t-elle crié de la porte d'entrée.

J'ai coupé les toasts de Luc en quatre, versé de la soupe aux tomates dans son bol en forme d'*Alakazou* et rempli de café la tasse de maman et celle du gars des assurances.

Quand j'ai apporté les deux tasses dans la salle à manger, ils étaient assis face à face à la table avec plein de papiers éparpillés devant eux. Le porte-documents de l'agent était grand ouvert entre eux. Je pouvais y voir des stylos, une calculatrice et un calendrier, bien rangés. Ni l'un ni l'autre ne m'ont regardé.

Sans rien dire, maman s'est levée, s'est empressée de remettre les papiers dans le porte-documents et a lancé le tout à l'homme avec une force impressionnante. Il a eu juste le temps de baisser la tête pour éviter sa calculatrice qui est allée se fracasser sur le mur.

Maman est sortie du salon – qui avait pris les allures d'une tranchée de la Première Guerre mondiale – et s'est précipitée dans l'escalier. Je pouvais l'entendre tempêter pendant qu'elle faisait les cent pas au-dessus de nous.

L'agent a pris son veston qui était sur la chaise et a rangé les papiers dans son porte-documents.

– Vous ne pourrez pas réclamer l'argent de la police d'assurance de votre père. J'ai bien peur que ce ne soit pas une mort *naturelle*, m'a-t-il dit, le visage tout rouge.

～

J'ai pris la laisse de Spoutnik et le manteau de Luc.

– Allez, mon gars. On s'en va au parc, lui ai-je dit.

– Pourquoi ?

– Je pense que maman veut être toute seule.

Je pouvais entendre plusieurs claquements de portes et de tiroirs au-dessus de nous.

C'était pourtant un beau jour d'avril. Luc s'est précipité sur la balançoire, et je l'ai poussé. Je ne savais pas dans quelle mesure il avait compris la scène que maman avait faite, mais au cas où, je voulais qu'il oublie tout ça. Je voulais qu'il aille haut dans les airs, aussi haut que les chapeaux des adultes. Je lui donnais des élans, il était tordu de rire.

Nous avons laissé courir Spoutnik dans le parc sans laisse et avons trouvé un banc libre. Spoutnik a fait la révérence à un berger allemand qui passait avec une branche d'arbre dans la gueule. Les deux se sont mis à jouer ensemble.

– Tu sais quoi, François ?

Luc semblait avoir trouvé le dernier morceau d'un énorme casse-tête.

– Papa est vraiment mort.

– Oui, c'est vrai.

– Et c'est pourquoi les yeux de maman pleuvent beaucoup.

– Oui, c'est vrai.

Il m'a regardé avec ses grands yeux bleus, pleins de confiance. J'ai toujours détesté ça quand il me regardait comme ça.

– François, peux-tu me montrer à jouer de la guitare ?

– Pourquoi ?

– Parce que je ne veux pas que tu sois tout seul.

Je n'avais pas à me demander si l'affaire du gars d'assurances avait dérangé Luc. Pas grand-chose ne l'inquiétait de toute façon.

Mon petit frère. Mon petit Luc. Ça m'a frappé comment la vie peut ressembler à une partie de poker. Certaines personnes ont les plus belles cartes, alors que d'autres ne font que rêver qu'elles auront un jour une main convenable. Les cartes de Luc étaient pas mal mauvaises pour un enfant de son âge.

Si j'étais Dieu, s'Il existe, j'inventerais une règle qui ferait en sorte que les gens qui ont perdu quelqu'un puissent lui envoyer trois messages. Ils pourraient lui demander des conseils ou lui dire à quel point ils l'aimaient et il leur manque. Une des questions que je poserais à papa serait : comment dois-je faire pour prendre soin de Luc ? Je ne sais pas encore quelles seraient les autres questions.

Quand on est rentrés du parc, après avoir placé une assiette de biscuits au chocolat devant Luc et nettoyé la boue qui recouvrait les pattes et le ventre de Spoutnik, j'ai retrouvé maman à sa place habituelle, assise en petite boule au bout du sofa en velours côtelé brun, avec la veste de papa serrée contre son corps. Malgré l'idée folle d'avoir allumé un feu par une si chaude journée d'avril, elle semblait beaucoup plus calme. Un télé-évangéliste semblait donner un cours d'aérobie, tellement il bougeait à l'écran. Elle le regardait battre l'air, avec le volume sur *mute*.

– Maman ?

– Oui, mon cœur ?

– Est-ce que tu crois en Dieu ?

Ça ne m'était jamais venu à l'esprit de lui demander cela, mais là, ça me semblait urgent de le faire.

– Oui, j'y crois.

– Pourquoi ?

– Parce que ça me réconforte.

– C'est tout ?

Elle est allée éteindre la télé et m'a regardé dans les yeux.

– Je veux croire que ton père est dans un genre de paradis et qu'il nous protège, m'a-t-elle dit, d'un ton ferme.

– Tu crois vraiment ça ?

– Oui. J'aime penser qu'il est notre ange gardien. Tu veux savoir quelque chose, mon cœur ? Parfois, surtout quand je suis assise ici, en face du foyer, je ressens une sorte de présence autour de moi. Je ne sais pas. Peut-être que c'est lui.

Je voulais tellement la croire, mais je ne savais pas trop quoi penser. Je n'ai jamais ressenti de présence. Jamais. Elle s'est approchée de moi, a ébouriffé mes cheveux et m'a souri, vraiment souri, pour la première fois depuis juin dernier.

7 | BRUNO

Le vieux monstre *Bonjour Chagrin* avait son propre agenda. Au moment où je pensais que ma tête était sortie de l'eau, il réapparaissait comme un serpent de mer et me tirait encore sous l'eau. Je pouvais être en train de faire la file pour m'acheter de la pizza à la cafétéria de l'école ou en train d'essayer de résoudre une équation en mathématiques quand, soudain, il agrippait mes jambes, et je sentais l'eau rentrer par mes narines et noyer mes poumons. Je pensais que j'avais versé toutes les larmes de mon corps mais, de toute évidence, il n'y avait pas de limite. Je me transformais en une sorte d'anormal qui souffrait le martyre. J'ai trouvé tous les recoins de l'école où je pouvais pleurer sans être vu. Vous seriez surpris de savoir qu'il y en a pas mal.

Tout le monde aimait Bruno. Je ne dis pas ça juste parce qu'il était mon meilleur ami. C'était impossible de ne pas aimer le gars le plus maladroit de la terre. Pour lui, le monde était un grand éclat de rire, et il était convaincant. Quand tante Sophie l'a rencontré pour la première fois, elle a secoué la tête en écarquillant les yeux :

– Ce garçon est un remontant. C'est ce qu'il est. Un remontant !

C'est juste pour vous montrer dans quel état j'étais quand je vous dis que Bruno, mon ami depuis toujours – et le meilleur gars que vous puissiez imaginer – me tombait sur les nerfs. Depuis le jour où l'on s'est parlé devant le support à bicyclettes, j'ai passé plus de temps avec lui, mais ce n'était pas facile. Je n'avais jamais réalisé, jusqu'au moment où papa est mort, qu'il parlait sans cesse de son père. Leur vie à la maison ressemblait à une saison sans fin de l'émission *Papa a raison*. Il y aurait l'épisode « Bruno reçoit en cadeau le vieux rasoir électrique de son père », puis « Bruno et son père sortent du centre d'achats et ne peuvent pas retrouver l'auto », sans oublier le fameux épisode « Le père de Bruno lui montre à conduire une auto ». Il avait eu seize ans.

– Mon père veut que j'apprenne avec son auto parce qu'il dit qu'elle est équipée d'un sac gonflable. C'est une vraie honte parce que mon père a une auto de vieux. En plus, elle est blanche.

– T'es pas mal chanceux quand même, ai-je dit.

– Es-tu sérieux ? Je vais conduire une auto qui est blanche. Blanche !

– Au moins, t'as quelqu'un pour te le montrer !

– Pourquoi pas un de tes oncles ?

– Impossible. Ils ont tous leurs propres enfants. Ils n'ont pas besoin du fils d'un autre.

Bruno avait enfoncé le couteau dans l'autre plaie, celle qui fait mal. Oui, j'avais plein d'oncles. Je sais que ça peut sembler horrible maintenant, mais j'en étais rendu à souhaiter que le père de Bruno tombe malade et meure lui aussi.

∼∾∼

Il y avait cette fille super belle dans mon cours de français. Elle venait de Barrie, quelque part en Ontario – mot autochtone qui veut dire « beau » ou « eau jaillissante » ou « lac », peu importe, pourvu que ce soit au *centre* du Canada. Elle s'appelait Julia et portait un parfum qui sentait le lilas. Elle était là depuis le mois de septembre, mais je ne l'ai remarquée qu'au printemps.

Bruno m'a vu griffonner son nom dans mon cartable à trois anneaux. Il m'a refilé une note qui disait : « Oublie ça. Elle n'aime que les gars qui se rasent. »

Sur le chemin du retour de l'école, je me suis arrêté chez *Jean Coutu* et j'ai acheté un paquet de rasoirs jetables. Je me suis ensuite enfermé dans la salle de bain, me suis assis sur le bord du bain et, en lisant les instructions, j'ai appris comment me couper la gorge en français, puis en anglais. Je me suis regardé dans le miroir et j'ai pensé : « Papa, j'aurais tellement besoin de tes conseils en ce moment. »

Luc a cogné à la porte, et j'ai sursauté.

– Laisse-moi entrer, François ! J'ai envie !

– Tiens bon, Luc, lâche pas la patate !

Je m'étais coupé à cinq endroits différents. Je me suis mis des petits bouts de papier de toilette sur le visage, comme papa faisait. Je ne voulais pas penser à ce que j'aurais l'air le lendemain matin au cours de français. Julia aimait les gars qui se rasaient. Je ne savais pas ce qu'elle pensait des gars qui avaient l'air d'une pizza double peperoni.

J'aurais eu désespérément besoin des conseils de papa – non seulement au sujet des autos et du rasage, mais aussi à propos des filles. J'étais l'ami de Caroline et de Mélanie depuis plusieurs années, mais ce qui était lamentable, c'est que je ne savais absolument rien des filles, sauf qu'elles sentent bon et qu'elles ricanent beaucoup. Je n'avais jamais embrassé une fille de ma vie – sauf maman et tante Sophie, mais ça ne compte pas.

~~~

Je suis finalement sorti de la salle de bain, et un Luc désespéré y est entré. Maman était devant le placard du corridor en train d'y ranger des draps fraîchement repassés.

– Mon pauvre bébé, mais qu'est-ce que tu t'es fait ?

Elle a pris mon menton dans ses mains.

– Je ne veux pas en parler.

– Oh ! Je vois ! T'as essayé de te raser !

Elle m'a regardé d'un air affectueux.

Elle avait dit *essayé*.

– Non. J'ai pensé me barbouiller le visage avec ton rouge à lèvres pour voir si tu le remarquerais.

Je voyais bien qu'elle faisait de gros efforts pour ne pas rire.

– La prochaine fois, demande-moi de t'aider.

Elle m'a donné un petit bec sur le front et s'est retournée vers sa belle lessive parfaitement repassée. J'étais furieux.

8 | AU SECOURS !

C'était vendredi. Le fait saillant de ma journée était mon rendez-vous chez le psychologue de l'école. J'aurais préféré qu'on m'enfonce des broches à tricoter dans la tête. C'était l'idée de maman. J'étais supposé le voir deux fois par semaine, juste après mon cours de maths. Son bureau était à côté de la bibliothèque, juste en face des toilettes des garçons, au deuxième étage. J'étais terrifié à l'idée que quelqu'un me voie entrer ou sortir de son bureau. Le *fils du pendu* multiplié par *psy* égale *anormalité* au carré.

De toute façon, c'est ce que je pensais à l'époque. Et pendant les premières semaines, je me suis accroché à cette idée comme un chien à son os. En toute honnêteté, j'étais tellement mal à l'aise d'être là que je me rappelle à peine ce qui s'est passé à la première rencontre. M. Bergeron était un homme dans la quarantaine, chauve, qui portait de grosses lunettes en forme de fond de bouteille sur un visage rond comme la lune. Il y avait des photos de ses fils sur son bureau – j'ai deviné que ce devait être eux – et un cube de Rubik. J'étais sur le point d'apprendre que cet homme jouait avec un cube de Rubik. Alerte de *nerd*. J'ai écrit *cube de Rubik* quatre fois dans mon cahier. Je vous jure que c'est excellent pour tuer le temps. Essayez-le.

Pendant ce temps, M. Bergeron aussi était occupé à gribouiller sur un bloc-notes jaune, mais je doute fort qu'il écrivait cube de Rubik. Son silence me tombait sur les nerfs.

– Est-ce que tu pratiques des sports ?

Je pensais que je commencerais la conversation avec une question niaiseuse de ce genre.

– Oui. Parfois, je joue au tennis avec mes deux fils.

J'avais deviné juste. Ses fils étaient chanceux – pas d'avoir un père comme lui, mais tout simplement d'avoir un père.

– Quel âge ont-ils ?

J'ai regardé les photos sur son bureau.

– Quinze et dix-sept ans.

– Est-ce que tu leur montres à conduire ?

– On n'a pas de voiture.

Et j'étais supposé recevoir de l'aide d'un adulte qui n'avait même pas de voiture ?

– ... mais si tu en avais une ?

Il a déposé ses lunettes graisseuses sur son bureau.

– Je ne pense pas. Ils sont trop jeunes.

– Mais est-ce que tu vas leur montrer un jour ?

– Peut-être.

Un long silence. Je ne sais pas d'où le mot est venu, mais je l'ai écrit dans mon cahier sous la série de cube de Rubik. Il a écrit quelque chose sur son bloc-notes jaune, qu'il a rangé dans son porte-documents, et s'est tourné vers moi.

– Pourquoi me demandes-tu cela, François ?

– Parce que je suis curieux. Je suis ici pour avoir des réponses, non ?

– Oui, oui.

J'ai arrêté de jouer avec mon crayon et j'ai regardé M. Bergeron directement dans les yeux. C'est ce que mon père m'avait montré quand je jouais au poker avec lui.

J'avais couru de la bibliothèque aux toilettes des garçons pour me rendre à son bureau. Je pourrais encore faire la même chose.

Ce que je lui ai demandé ensuite peut sembler improvisé, mais il faut comprendre que c'était LA question qui m'obsédait.

– Crois-tu en Dieu ?

– Oui, a-t-il répondu.

– Pourquoi ?

– C'est une bonne question.

Il a pris le cube de Rubik dans sa main droite et a poussé un carré avec son pouce.

– Je crois en Dieu parce que je le veux bien. Je veux croire qu'il y a Quelque chose qui existe, et que ce

Quelque chose est plus grand que moi. Et toi, est-ce que tu crois en Dieu ?

– Moi ? Je ne sais pas.

Pendant que ma mère lisait Thérèse d'Avila, à la demande de tante Sophie, je lisais plutôt les copies toutes déchirées d'*Éric* de Jean-Paul Sartre et de Simone de Beauvoir, qui n'étaient pas forts sur la religion, ni l'un ni l'autre.

– Un être humain a besoin de donner un sens à la vie, et surtout à la sienne. Certaines personnes le trouvent dans la religion, tandis que d'autres vont le trouver dans le bénévolat, les arts, le yoga, peu importe. C'est différent pour chacun de nous.

J'examinais le plancher. Des tuiles de marbre blanc. Le bureau de Bergeron était décoré avec austérité – meubles modernes art déco et murs abricot – comme s'il sortait tout droit d'un magazine et avait été transplanté dans notre école secondaire décrépie.

– Est-ce que c'est de ma faute ?

Les mots me sont sortis de la bouche, me surprenant moi-même.

– Ton père s'est suicidé. Il était le seul responsable.

Je déteste ce mot plein de sons en « s ». Aurait-il pu le dire plus fort ? SUICIDE. Attendez une seconde. Je vais l'écrire en lettres majuscules et en caractères gras, juste pour être certain que je n'oublierai pas que mon père s'est **SUICIDÉ**.

– Est-ce que tu te sens coupable ? m'a-t-il demandé d'une voix douce.

Le vieux serpent de mer attendait dans les recoins de ma gorge. J'ai essayé de le garder endormi du mieux que je pouvais. J'ai échoué. C'était bizarre et libérateur en même temps.

– Oui.

– Pourquoi ?

Entre deux sanglots.

– Si je n'étais pas allé à New York, il ne se serait pas tué.

– Tu ne penses pas qu'il l'aurait fait un autre jour ?

Silence.

– Tu ne penses pas qu'il l'aurait fait de toute façon quand tu aurais été à l'école ? Tu ne pouvais quand même pas le surveiller vingt-quatre heures sur vingt-quatre. Il aurait bien fallu que tu le perdes de vue à un moment donné. Tu as le droit de vivre ta vie.

Je fixais son cube de Rubik comme s'il recelait la réponse à la signification de l'univers.

M. Bergeron a continué.

– Tu sais, c'est normal de se sentir coupable. Et c'est bien que tu l'aies exprimé aujourd'hui. Perdre un parent est un choc. Une tragédie. Il faut que tu saches que tu n'es pas tout seul. Je connais plein d'adolescents comme toi qui ont perdu un parent. C'est normal de ressentir de la douleur. C'est normal de pleurer. C'est normal.

Normal. Je n'étais donc pas un malade mental. J'étais normal. Je n'étais pas complètement convaincu, mais je me suis permis de lui sourire avant de quitter son bureau.

La semaine suivante, quand je suis retourné le voir, j'ai laissé mon cartable dans mon casier.

9 | JULIA

Nous étions assis en cercle sur des chaises de métal brunes au sous-sol d'une église de la Côte-des-Neiges, pas très loin du campus de l'Université de Montréal, de l'autre côté de la montagne. On avait placé une table pliante à côté de la porte sur laquelle on avait déposé une assiette de biscuits – des Fudgee-O, mes préférés – des canettes de Pepsi et une cafetière toute bosselée avec du café qui sent fort. Mes jambes tremblaient, et mes mâchoires se contractaient convulsivement comme si elles étaient à côté de haut-parleurs de 9 000 watts. J'étais un gâchis sur deux pattes.

C'était ma première rencontre avec le groupe de soutien de M. Bergeron. On était dix jeunes, âgés de dix à dix-sept ans. La fille qui avait dix ans était une petite asiatique qui portait un chandail de *Barbie* et des barrettes roses dans les cheveux; j'ai entendu le gars de dix-sept ans dire à sa blonde enceinte qu'il laissait à la porte :

– Je vais te retrouver dans une heure, ok ?

La seule chose qu'on avait en commun, c'était que nous étions des membres peu enthousiastes du club « J'ai perdu un parent et toi ? »

J'ai été surpris de voir Julia, la fille de mon cours de français, en train de lire un magazine pendant qu'elle attendait que tout le monde s'assoie. Je ne savais pas qu'elle avait perdu un de ses parents. À vrai dire, ce n'est pas la première chose que tu dis à quelqu'un que tu ne connais pas :

– Ah oui ! En passant, mon père s'est suicidé il y a sept mois. Je m'appelle François, et toi ?

M. Bergeron dirigeait la discussion comme un maestro. Maestro. Un autre mot juteux. Je l'ai écrit au moins dix fois dans mon cartable – je n'avais donc pas à regarder les autres pendant ce temps-là.

– Bonsoir tout le monde et bienvenue. Je m'appelle Raymond.

Ça m'a pris un bon trente secondes pour absorber tout ça. M. Bergeron avait donc un prénom comme le reste des êtres humains sur la planète. Pendant un moment, j'ai pensé à M. Enrique et comment il aimait son chat Rococo. Raymond portait un chandail blanc avec des jeans et ses lunettes.

Oh, non ! Il maniait le cube de Rubik avec sa main droite. Je l'observais, hypnotisé, quand il a commencé à parler.

– Bienvenue André, a-t-il dit, au garçon assis à sa droite.

André avait environ quatorze ans et il était affalé dans sa chaise, comme si l'acte de s'asseoir lui demandait trop d'énergie.

– Salut.

– Comment a été ta journée ?

– Pas si bien que ça. J'ai pensé à mon père pendant toute la journée. Ça fait exactement dix mille cent quatre-vingts secondes qu'il est mort.

Il nous a regardés comme si on allait le contredire. Je ne voulais surtout pas aller chercher ma calculatrice pour vérifier. J'étais donc reconnaissant quand Raymond a dit :

– Ça fait juste une semaine.

André a commencé à pleurer. Raymond a pris sa main.

– Je dois retourner à l'école lundi, mais je ne peux pas. Il est toujours là, dans ma tête.

Les mots sortaient de sa bouche avec douleur et rage.

– Il a eu une crise cardiaque et il est parti juste comme ça. Pourquoi c'est arrivé ?

Nous nous tourmentions de l'entendre parler ainsi. Raymond s'est tourné vers nous.

– Pourquoi ? C'est la question qu'on se pose tous, et la question à laquelle personne ne peut répondre. Peut-être que ce n'est pas *pourquoi*, mais *qu'est-ce qu'on fait après* qui compte.

– Je ne veux plus parler, a dit André en essuyant ses yeux sur sa manche.

– Ça va, André. Si tu ne veux plus parler, c'est ok.

Je me souviens de la première semaine après la mort de
mon père, et c'était affreux. Sa mort remplissait chacun
des recoins de mon esprit et chaque minute de mes
journées. Pendant que j'écoutais André, je réalisais que,
sans m'en rendre compte, j'avais dépassé cette période
horrible de ma vie.

Ça m'a pris des efforts, mais j'ai levé la main. Il faisait
froid au sous-sol de l'église, et les biscuits dansaient le
cha-cha-cha dans mon ventre.

– Bonsoir, je m'appelle François, et mon père est mort
au mois de juin dernier.

Je me sentais bien, mais je savais que je n'avais dit que
la moitié de ce que j'avais besoin de dire.

– Comment est-il mort ? a demandé la fille *Barbie*.

– Mon père…s'est…mon père s'est suicidé. Il s'est
pendu dans le grenier.

Là. Je l'avais dit. Maintenant, tout le monde savait non
seulement qu'il s'était tué, mais comment il l'avait fait. Je
voulais m'en débarrasser avant qu'ils ne me le demandent. Les gens veulent toujours connaître les détails
juteux. C'est comme :

– Oh ! Je suis tellement désolé pour ton père.

– C'est ok.

Ils attendent une seconde ou deux, puis demandent :

– Comment il a fait ça ? Des pilules, un fusil, un
tournevis ?

Maudits cons. S'ils étaient si désolés que ça, ils ne me
poseraient pas ces questions-là.

La discussion a changé de sujet, mais j'avais vraiment l'impression que j'avais fait un pas de géant. À la fin de la soirée, pendant qu'on rangeait les chaises pliantes, je ne sais pas comment j'ai fait, mais j'ai trouvé le courage de parler à Julia. C'était une grosse affaire pour moi, croyez-moi.

– Je m'appelle François, mais tu peux m'appeler Frank si tu veux.

Personne ne m'avait jamais appelé Frank, mais je trouvais que ça sonnait bien.

– Tu peux faire la même chose pour moi aussi.

Elle était encore là, cette douce odeur de lilas.

– Quoi ? Tu veux que je t'appelle Frank ?

Ah ! Ah ! Ciel que j'étais drôle ! J'étais chanceux qu'elle ne soit pas partie en courant et en hurlant.

Elle m'a plutôt dit :

– Non, désolée. Appelle-moi Jul. Tu sais quoi, je déteste quand on m'appelle Julia – et tomate.

– Pardon ?

– Je DÉTESTE les tomates ! Leur texture ressemble à de la morve. Je pense que c'est absolument dégueulasse !

– Moi aussi ! Il n'y a rien au monde que je déteste plus que les tomates !

Ce n'était pas tout à fait vrai. En fait, je n'avais jamais pris position sur la texture des tomates auparavant, mais apparemment, il y avait le monstre « Parler-aux-filles » qui est aussi loin de la pensée rationnelle que le Monstre du deuil. Il me semblait que j'avais perdu tout contrôle sur mon cerveau.

– Mais j'adore la moutarde de Dijon !

Je ne pouvais pas croire que j'avais dit ça. De toute façon, elle a ri. Elle avait de beaux yeux noisettes, des cheveux bruns, mais surtout, elle était plus petite que moi. Je préfère les filles plus petites, même s'il n'y en a pas beaucoup. Elle était aussi un peu plus jeune. Je suis né au mois d'avril, et elle est née en octobre. J'adorais la façon dont elle tenait sa canette de Pepsi. Tellement sexy ! Elle avait aussi un sourire qui montrait de belles dents blanches. Les dents sont la première chose que je remarque chez une fille... À bien y penser, la deuxième chose. Elle a dû s'apercevoir de ma fixation.

– J'ai porté des broches pendant au moins cinq ans. Mes dents étaient terribles ! J'aurais pu faire peur à Dracula !

Cette brillante conversation s'est déroulée jusqu'à ce que tous les autres soient partis et que M. Bergeron, debout à la porte, fasse semblant de tousser comme s'il allait cracher ses poumons.

Les soirs où j'avais mes rencontres, je pouvais passer des heures dans ma chambre pour choisir – dans ce que l'on peut appeler généreusement ma garde-robe – les vêtements qui avaient l'air le moins *nerd* – et, très important, me raser. J'essayais de peigner mes cheveux comme Tom Cruise ou Roy Dupuis, et j'aspergeais mon cou d'eau de Cologne. C'était quelque chose que je n'avais jamais fait. J'utilisais celle de papa parce que je n'avais pas assez d'argent pour m'acheter une nouvelle bouteille. Je n'avais jamais vu l'utilité de l'eau de Cologne auparavant, mais là, ça me semblait une bonne idée.

Le fait saillant de ma semaine était de *parler* à Jul après la soirée de groupe. On prenait nos biscuits et nos canettes de Pepsi et on s'asseyait sur le bord poussiéreux de la scène qui longeait un des murs du sous-sol. On parlait de sa mère et de mon père. Ce qu'elle avait vécu était pas mal différent de mon expérience. Il faut croire que chaque mort doit être différente. Sa mère était morte du cancer du sein quand Jul avait onze ans. L'an passé, son père avait vendu sa compagnie de construction à Barrie. Jul est allée à Paris dans le cadre d'un échange étudiant pendant que sa sœur et son père déménageaient à Montréal. Après cette première conversation au sujet des tomates, peu importe sur quoi on commençait, on finissait toujours par parler de la mort. Elle m'a dit qu'elle avait eu le temps de se préparer à la mort de sa mère, mais que lorsque c'était arrivé, ça avait été tout un choc. Jul m'a dit que depuis que sa mère était morte, elle avait plus ou moins arrêté de manger. J'avais remarqué qu'elle n'avait pas touché aux biscuits.

Vous pourriez penser qu'après ce genre de tête-à-tête avec Julie, lui parler à l'école ne serait pas un problème. Faux. En dehors du sous-sol de l'église, monsieur Cool, ici, était muet. Ça m'a pris pas mal de temps pour me déniaiser, mais finalement, un bon vendredi après-midi, à la fin des classes, je lui ai demandé de m'accompagner au Resto-Régalo. Le propriétaire – un gros homme bedonnant –

portait toujours une calotte et parlait français avec un fort
accent hébreux. Il faisait partie de ces gens que l'on connaît
depuis toujours, sans jamais savoir leur nom. Même papa,
qui le connaissait depuis des années, l'appelait Monsieur
Régalo. M. Régalo était venu aux funérailles.

On s'est glissés sur une banquette, et j'ai commandé du
Pepsi, des bagels à la salade de thon et des frites. On a
choisi de parler d'un thème bien connu, la mort, et j'ai
pris une bouchée en premier. Julia a commencé :

– Elle a tellement souffert. Jamais je n'oublierai chaque
minute de la dernière journée. L'infirmière est venue à sa
chambre et lui a donné une piqûre. Une heure plus tard,
elle était morte. Elle a tenu ma main jusqu'à la fin. Je ne
voulais pas pleurer devant elle. Je n'avais pas pleuré durant
les deux années de sa maladie.

– Pourquoi pas ?

– Parce que je voulais lui montrer que j'étais forte et
qu'elle n'avait pas à s'inquiéter de ce qui allait m'arriver
après son départ. Je voulais qu'elle puisse mourir en paix.

– D'une certaine façon, tu es chanceuse. Tu savais que
ta mère allait mourir. Tu pouvais lui dire que tu l'aimais.
Je n'ai jamais eu cette chance.

– Je le lui ai dit souvent, mais je lui ai aussi dit des
choses que je ne peux pas croire. Une fois, six mois avant
qu'elle ne meure, j'étais vraiment fâchée contre elle pour
quelque chose. Je ne me souviens pas quoi – peut-être
parce que j'avais trop monté le volume de la radio, et elle
avait crié après moi. Je lui crié moi aussi que je souhaitais

qu'elle soit morte. J'ai repensé à ça les derniers jours avant sa mort. J'aurais fait n'importe quoi pour reprendre mes mots. À la fin, c'était tellement affreux que je voulais que maman meure plus vite, pour qu'elle arrête de souffrir. Je souhaitais vraiment qu'elle soit morte. C'est horrible de dire ça, hein ?

Jul étudiait mon visage.

Ma main a traversé la table pour prendre la sienne. Une pensée tout à fait « malade mentale » m'est venue à l'esprit. Je voulais devenir les larmes qui coulaient sur ses joues, juste pour pouvoir toucher sa peau. Je devais être un pervers.

– J'ai ressenti deux émotions en même temps, a-t-elle poursuivi. Je voulais que ma mère meure, pour qu'elle arrête de souffrir, mais en même temps, je voulais qu'elle vive parce que je l'aimais et ne pouvais pas supporter de la perdre. On dirait que personne ne peut comprendre.

Je n'ai rien dit. J'avais compris qu'écouter est parfois la meilleure façon de communiquer. Il y a des gens (comme tante Sophie) qui ont peur du silence, donc ils remplissent chaque petit recoin avec des sons. *Ne pleure pas. Pleure. Tu es l'Homme de la maison maintenant. Comment tu te sens ? C'était pour le mieux.* Laissez-moi vous dire une chose : quand c'est le temps d'être un bon ami pour quelqu'un qui ne se sent pas bien, il suffit de l'écouter. Oubliez les mots. Ils peuvent envenimer la situation au lieu d'être utiles.

M. Régalo nous a apporté nos Pepsi, en chantonnant je ne sais quoi – ça sonnait comme *Je danse dans ma tête* de Céline Dion. J'ai regardé Jul en train d'enlever le papier blanc qui recouvrait sa paille et de boire une gorgée. La terre aurait pu arrêter de tourner juste là.

– Je ne sais pas si c'est comme ça pour toi, mais je suis jalouse des autres qui ont leurs deux parents. Tu connais Maude ?

– Maude Savard ?

– Oui. Des fois, on marche jusqu'à l'école ensemble, et elle n'arrête pas de me parler de la robe de graduation qu'elle et sa mère vont acheter et comment sa mère adore les robes blanches avec de la dentelle fine et les boutiques que sa mère préfère et les gâteaux que sa mère prépare et les tampons que sa mère porte et sa mère, sa mère, sa mère… J'aurais envie de crier. Quand ce sera mon tour de graduer, je n'irai pas magasiner avec ma mère. Ma mère ne me verra jamais graduer ou me marier ou avoir des enfants ou quoi que ce soit.

Je pensais à la colère que je ressentais contre Bruno et à la fabuleuse saga de *Papa a raison*.

– Oui, mais ton père et ta sœur vont être là.

Je ne sais pas pourquoi j'ai dit ça. Moi aussi, j'avais ma mère et mon frère, mais ça n'atténuait pas ma souffrance pour autant.

– Ce n'est pas pareil du tout. J'adore mon père, pour vrai, mais y a des choses dont une fille veut parler avec sa mère.

– Je sais. C'est la même chose pour moi.

– En plus, mon père ne montre jamais ses émotions. Il est aussi chaleureux que peut l'être le fleuve Saint-Laurent au mois de janvier !

Oh, mon Dieu ! Elle avait dit « aussi chaleureux que le fleuve Saint-Laurent au mois de janvier ! » Je pensais que j'avais inventé cette expression-là. Nous utilisions la même expression ! Nous étions de toute évidence faits l'un pour l'autre.

M. Régalo est arrivé avec nos bagels à la salade de thon. Jul a enlevé les tranches de tomates du sien, a pris une ou deux petites bouchées du bout des lèvres et a poussé son assiette. Quand elle a passé sa main dans ses beaux et longs cheveux – même s'il y avait un peu de mayonnaise sur le bout de ses doigts – j'aurais pu fondre à cet instant-là.

Ça ne vous surprendra certainement pas si je vous dis que je lui ai posé l'inévitable question sur Dieu.

– Je ne sais pas si je crois en Dieu. Quand on meurt, qu'est-ce que tu penses qui arrive ? a-t-elle dit.

– Je pense qu'il y a deux possibilités. La première : ton corps se décompose, devient du fertilisant pour nourrir les plantes et les animaux, et c'est la fin. La deuxième : il y a une âme qui quitte ton corps et vole à travers l'univers. C'est ce que ma mère pense.

Ses yeux fixaient le bagel dans son assiette.

– À quoi tu penses ? lui ai-je demandé.

– Je n'avais jamais réfléchi à la mort avant que ma mère ne meure. Je pensais que la mort, c'était pour les autres.

Je pensais vraiment, même si ça peut paraître con, que
j'étais immortelle.

– Ce n'est pas con, Jul.

– Je pensais que je n'allais jamais mourir. Le fait que
ma mère meure m'a forcée à accepter qu'un jour, moi
aussi j'allais mourir.

– La mort est comme un voleur. On ne sait jamais
quand elle va venir, a dit M. Régalo.

Il a déposé l'assiette de frites au milieu de la table.

– Ne la laissez pas voler votre jeunesse, a-t-il ajouté.

Il y avait quelque chose dans la façon dont il l'avait dit
qui m'a réconforté. On l'a regardé tous les deux comme
s'il avait résolu une énigme.

❀

Les jours se faisaient de plus en plus longs. Quand je suis
retourné à la maison, souriant aussi fort que ces gens que
l'on voit dans les publicités de dentifrice à la menthe, il
faisait encore clair dehors. Je pouvais entendre les petits
cris anxieux de Spoutnik pendant qu'il attendait que Luc
lui lance la balle dans la cour arrière. Maman était assise
sur la véranda, en train de coudre un bouton sur mon
pantalon. Elle avait mis le gilet de papa sur ses épaules.

– Bon ! C'est fait ! J'ai cousu ton pantalon ! m'a-t-elle
dit, en coupant le fil avec ses dents.

– Merci.

J'ai appuyé mon vélo sur la clôture et me suis assis à
côté d'elle.

– Où étais-tu ?

– J'étais avec Jul au resto.

– J'aimerais vraiment la rencontrer un jour, cette Jul. Tu passes beaucoup de temps avec elle.

Elle m'a regardé en levant les sourcils et m'a souri avec l'air d'attendre que je lui dise quelque chose, mais je n'ai rien dit. Elle a alors haussé les épaules, fermé sa trousse de couture et s'est levée.

– On va manger du poisson pour souper.

L'instant d'après, je pouvais l'entendre dans la cuisine, en train de sortir les chaudrons et les casseroles des armoires. Elle a dû allumer la radio parce que je pouvais entendre la douce musique de Beau Dommage, chantant *Hier au soir à Châteauguay*. Elle a appelé Luc par la fenêtre ouverte :

– Viens-t'en pis lave tes mains. C'est l'heure du souper !

Tout d'un coup, j'ai eu un souvenir qui m'a apporté une joie si grande que les larmes me sont montées aux yeux. Ça me rappelait une soirée juste comme celle-là. Papa m'avait amené au parc, et on pouvait entendre maman nous appeler d'en bas de la rue :

– François, Benoît, c'est le temps de souper !

Quand on est arrivés, maman a fait semblant d'être fâchée contre nous.

– Benoît, pour l'amour du bon Dieu, pourquoi t'es allé au parc avec le petit quand tu savais que le souper allait être prêt dans deux minutes ? Vous êtes tout sales tous les deux !

– T'inquiète pas, mon amour, je m'occupe du petit.

Il avait tiré sur ses cheveux en queue de cheval.

– Ton amour, comme tu dis, veut que tu changes son pantalon en premier. Regarde si ça a du bon sens ! Y a de la bouette partout ! Je viens de finir de laver mon plancher, et ça ne me tente pas de recommencer. Pis, réveille pas Luc ! Il vient tout juste de s'endormir.

– On a reçu le message dix sur dix, mon amour.

Il lui a donné un petit bec sur la bouche et m'a pris par la main.

Mon amour. C'était la façon dont mon père avait l'habitude d'appeler ma mère. Durant la dernière année, je ne me souviens même pas qu'il l'ait appelée par son prénom.

Papa et moi, on s'est changés comme maman nous l'avait ordonné, parce qu'en ce qui concerne la propreté, on ne s'obstinait pas avec elle. Maman gardait tout très propre, y compris Luc et moi. Quand tante Sophie disait « Ici, on peut manger sur le plancher », quelque chose qu'elle a dit sans doute deux mille fois, papa me faisait un clin d'œil et me disait :

– Enfin, une assiette assez grande pour Sophie !

❀

Maman a servi le poisson. Elle a coupé quelques brindilles des épices, qu'elle faisait pousser dans ses boîtes de conserve près de la fenêtre, et en a mis sur le poisson. Les rideaux ondulaient devant la fenêtre ouverte de la cuisine, et l'air était doux et délicat, si vous savez ce que je veux dire. Maman, Luc et moi nous sommes assis à la table et avons mangé dans un silence réconfortant. Ce soir-là, mon appétit est revenu tout d'un coup.

10 | LES DINOSAURES

Un dimanche soir, on est tous allés voir le film *Le Parc jurassique*. J'aime Steven Spielberg. La première fois que je suis allé au cinéma, j'avais cinq ans, et mes parents m'avaient amené voir *E.T., l'extraterrestre*. Je ne voulais pas pleurer devant eux, mais quand E.T. a dû quitter Eliot, je n'ai pas pu m'en empêcher.

Ce n'était pas exactement un rendez-vous romantique, parce que mes amis étaient là, mais j'avais attendu Jul au guichet pour pouvoir m'asseoir avec elle. Elle est finalement arrivée, mais elle était pendue au cou d'un gars plus vieux qu'elle, David, comme si elle allait tomber. Je réalisais que je ne l'avais jamais vraiment touchée. Elle m'a dit un petit « salut » timide sans arrêter de parler à David.

Il y avait une place libre à côté de Mélanie. Celle-là peut toujours me faire rire, et ce soir-là, j'ai ri comme un

malade de tout ce qu'elle pouvait dire. Je voulais rendre
Jul jalouse, donc je riais fort.

Mélanie ressemble un peu à ma tante Sophie – ce qui
peut être, disons, un peu rebutant. Je ne veux pas néces-
sairement dire qu'elle est laide – elle ne l'est pas. C'est
juste qu'elle et tante Sophie sont de ces filles qui prennent
beaucoup de place. Les deux adorent porter des couleurs
qui pourraient brûler la rétine de l'œil et elles rient tout
le temps. Ce qui m'agace un peu, c'est que les deux rient
toujours de mes blagues – même si elles ne sont pas
drôles. Et je suis le premier à l'avouer. Il n'y a rien que
j'hais plus que de faire une blague vraiment plate ou bien
d'en oublier la fin. Je *déteste* ça ! Vous savez, vous parlez,
parlez, parlez et, tout d'un coup, vous oubliez ce que vous
vouliez dire, mais vous ne voulez pas que les gens se
rendent compte que vous avez oublié ce que vous vouliez
dire. Alors, vous parlez, parlez, parlez et avez l'impression
que votre cerveau va exploser parce que vous cherchez vos
mots et là, vous souhaitez que Patrick Roy ou Dominique
Michel apparaissent soudainement à côté de vous pour que
tout le monde se tourne vers eux au lieu de vous regarder.
Mais évidemment, quand vous avez besoin de gens
célèbres pour attirer l'attention, ils ne sont jamais là parce
que ce sont des gens incroyablement égoïstes. Alors, vous
êtes là, suant tellement dans votre chandail I ♥ NY, que
vous avez acheté en spécial pour deux dollars – ce qui est
tellement un bon *deal* que vous en avez acheté au moins

dix pour les donner en cadeau à vos amis – mais ils sont aussi *cheap* que vous et, alors, vous essayez de les distraire en pointant quelque chose, comme le nez de la fille qui est assise à votre gauche, et vous attendez le bon moment pour vous enfuir dans la direction opposée. Et vous continuez de courir jusqu'à ce que vous deveniez cette petite tache noire au bout de l'horizon, et c'est pourquoi on vous écrase, parce qu'on pense que vous êtes une mouche. C'est alors que vous réalisez à quel point c'est ridicule de dire « il est tellement gentil, il ne ferait jamais de mal à une mouche », parce que tout le monde a déjà écrasé une mouche dans sa vie, même vous.

Vous voyez comment mon cerveau travaille ? Je suis complètement capoté. Ne vous demandez pas pourquoi Jul plongeait sa main dans le sac de pop-corn de David et lui flattait le bras. Elle s'est approchée de lui en souriant pour lui dire un secret à l'oreille, sans même tourner la tête. À cause du temps qu'elle a passé en France, elle parlait avec un accent parisien. Peut-être qu'un jour, ça m'aurait tombé sur les nerfs, mais pour l'instant, j'étais prêt à l'endurer. Si seulement j'en avais l'occasion.

Après le film, tout le monde est allé à la pizzeria, mais j'en avais assez du « Festival du minouchage » mettant en vedette Jul et David. En plus de ça, les muscles de mes joues étaient fatigués d'avoir ri pendant deux heures, gracieuseté de Mélanie. Je suis donc allé au Resto-Régalo. La place était vide. En me saluant, M. Régalo m'a dit :

– Des frites ?

Quand il me les a apportées, il s'est assis en face de moi, en grommelant.

– Ta blonde n'est pas venue avec toi ?

– C'est pas ma blonde.

– Désolé...

M. Régalo m'a passé la bouteille de ketchup et la mayonnaise.

– Dis-moi donc, jeune homme, qu'est-ce que tu veux faire de ta vie ?

Oh, non ! Pas ce genre de conversation que les adultes font parfois : « je-parle-à un-ado-et-je-ne-sais-pas-quoi-dire ».

– Je ne sais pas.

Non. Je le savais trop. Je voulais aller à l'université pour étudier la musique et l'enseigner aux gens par la suite. Je savais aussi que ça n'allait jamais arriver. On n'avait pas d'argent. M. Régalo a étudié chaque recoin de mon visage. Comme s'il avait lu dans mes pensées, il a dit :

– T'es un gars qui est fort ! Tu pourrais prendre une p'tite job et gagner de l'argent pour tes études. J'ai besoin d'aide ici. Tu sais, je m'en viens un peu vieux, là. Juste un peu. Mes yeux ne sont plus aussi bons qu'avant. Des fois, je mélange le sel et le sucre.

– Je sais pas comment faire des bagels.

– Mais tu peux apprendre ! Tout s'apprend dans la vie. Même le poker. Ton père avait compris ça, tu sais.

– Avez-vous joué avec lui ?

– Pas très longtemps. Avant que j'achète le restaurant, j'avais un gros problème avec les cartes. Quand j'ai eu assez d'argent pour acheter le resto, j'ai quitté les bateaux et j'ai arrêté de jouer. Ton père est resté. Tu sais, ton père était malade, mais il s'est battu comme un gladiateur. C'était un brave homme.

– S'il était si brave, pourquoi il nous a abandonnés, ma mère, mon frère et moi, hein ? Ça, c'est pas brave...

– Dis pas ça. On peut pas juger les autres comme ça.

– Est-ce que c'est votre religion qui l'interdit ?

Je ne lui demandais pas une leçon de théologie. J'étais sarcastique. Il n'a même pas remarqué. M. Régalo a pris son temps pour me répondre.

– Ce n'est pas ma religion. C'est moi. C'est quelque chose en quoi je crois vraiment. Tu sais, dans la vie, il y a des questions auxquelles on peut répondre, mais il y en a d'autres qui restent sans réponse. Et celles-là, il faut apprendre à les laisser aller. On ne peut pas s'y accrocher indéfiniment.

J'ai laissé les frites dans mon assiette. Elles étaient devenues froides. Je n'avais plus faim. En retournant à la maison, la même pensée me frappait l'esprit comme un pic bois peut cogner un arbre : pourquoi papa ne m'a pas parlé ? Pourquoi il ne m'en a jamais parlé ?

J'avais douze ans quand j'ai vu mon père pleurer pour la première fois. Il était dans le garage, assis sur un banc avec son coffre à outils à côté de lui. Maman avait mis une tarte aux pommes au four, et on pouvait sentir la bonne odeur de cannelle.

– Pourquoi tu pleures, papa ?

J'étais à la fois surpris et effrayé. Il ne m'a pas répondu. Il a essuyé ses yeux en silence. Finalement, il a levé la tête.

– J'ai perdu ma job.

– Tu vas t'en trouver une autre.

– Non.

Il avait l'air d'un homme abattu.

11 | L'ALBUM DE SOUVENIRS

Même si le printemps était avancé, le thermomètre ne dépassait pas les dix degrés, et la pluie frappait contre la fenêtre. Je n'avais pas entendu parler de Jul depuis une semaine. Je savais que je n'avais rien d'un premier prix, comparé à David. Tout d'abord, j'étais trop maigre. Même si je mangeais sans arrêt, gobant des quantités industrielles de Fudgee-O, j'avais toujours l'air d'un poteau électrique.

Luc s'était finalement endormi après quatre lectures de *Cannelle et Pruneau à la campagne*. J'étais assis au pied de son lit, en train de l'écouter respirer, quand j'ai été soudainement renversé par une grosse vague de nostalgie. Je pensais à papa. J'aurais tellement voulu lui demander ce qu'on est supposé faire quand on est en amour avec une fille qui n'est clairement et cruellement pas en amour avec soi.

J'ai fermé la porte de la chambre de Luc tout doucement et suis descendu au salon. Maman avait déroulé du
papier peint avec des motifs de fleurs bleues sur le sofa et
le regardait de loin et de proche, et de loin et de proche,
tout en tricotant.

– Tu ne continueras pas de marcher les pieds nus bien
longtemps, mon cœur. Je suis en train de te tricoter une
paire de pantoufles. Je vais les tricoter serré.

– J'en ai pas besoin, maman. Je suis correct, pieds nus.

– Tellement correct que tu tousses tout le temps ! Je ne
veux pas que tu attrapes une grippe, là, pis que ça devienne
une pneumonie. J'ai perdu ton père. Ça va faire. Quand je
vais avoir fini de tricoter tes pantoufles, tu vas les porter.
Point final.

Elle était dans son élément, en train de tricoter avec
toute la misère du monde. Je la regardais faire avec sa
balle de laine et la veste de papa boutonnée par-dessus
son chandail.

– Il fait donc bien froid ici, François. Va prendre une
bûche pis mets-la dans le feu. On se croirait au mois de
février. Ça a été une année de fous.

Je suis allé chercher une bûche dans la pile qui dimi-
nuait à vue d'œil sous la véranda. Elle a tapé le sofa à côté
d'elle, comme pour dire *viens donc t'asseoir avec moi*.

– Dis-moi, mon cœur, qu'est-ce qui se passe avec Jul ?
Tu n'en parles plus du tout.

– Je n'ai rien à dire.

Oh, non ! Allait-elle parler de sexe avec moi ?

Elle a déposé soigneusement ses aiguilles à tricoter sur la table à café.

– Je vois bien que quelque chose ne va pas. Je te connais comme si je t'avais tricoté. Je connais chacune de tes mailles, mon cœur.

Elle a mis son bras autour de mon épaule. Le feu crépitait dans le foyer. La vive odeur de pin remplissait le salon.

– M. Régalo m'a offert de travailler pour lui.

– Et qu'est-ce que tu as dit ?

– Rien. J'ai dit que j'y penserais. Qu'est-ce que t'en penses, toi, maman ?

– Et bien, je dirais que ça pourrait être une bonne idée. Tu pourrais gagner un petit peu d'argent de poche. Tu sais qu'avec mon salaire, il ne reste pas grand-chose une fois l'épicerie payée. Il va falloir qu'on répare le toit bientôt.

– Savais-tu que M. Régalo avait déjà été marin ? Il a même travaillé avec papa.

– Oui. Ton père l'aimait bien. Je lui ai souvent dit que M. Régalo était la preuve vivante que la vie pouvait continuer après la mer, mais il ne m'écoutait pas.

Je ne sais pas d'où la nostalgie m'est venue, mais soudain, tout ce que je voulais, c'était de tenir des cartes dans mes mains, avec les couleurs en ordre, et m'asseoir dans le silence, en bonne compagnie avec d'autres joueurs.

– Maman, veux-tu jouer aux cartes avec moi ? Au poker ?

– Mon pauvre garçon, j'ai tricoté tout l'après-midi et une bonne partie de la soirée parce que je veux que tes pieds soient bien au chaud. Les yeux me font mal. Une autre fois, ok, mon chéri ?

Je me suis assis sur mon lit et j'ai eu le goût de jouer de la guitare. J'étais trop paresseux pour me lever, alors je l'ai cherchée à l'aveuglette. Ce faisant, j'ai fait tomber mon album de souvenirs de la tablette au-dessus de mon pupitre. Je ne l'avais pas ouvert depuis des années. Je ne voulais pas être tout seul quand le génie allait sortir de sa bouteille. Je suis donc allé au salon où ma mère était en train de regarder le feu. Je lui ai tendu l'album.

– Oh ! Tu veux qu'on le regarde ensemble ? m'a-t-elle demandé d'un ton hésitant.

– Oui, ai-je répondu.

– Je pense que ça mérite une bonne tasse de café...

Je suis allé brancher la bouilloire. Quand je suis revenu, j'ai vu une boîte de mouchoirs à côté d'elle. L'album était bleu pâle, et c'était écrit *Notre bébé François*, en petites lettres brodées, sur sa couverture. Je me souviens quand maman sortait l'album pour le montrer à la visite; j'avais l'habitude d'aller me cacher sous mon lit. On s'est assis côte à côte pendant qu'elle tournait les pages.

– Oh, mon Dieu ! J'étais tellement grosse quand j'étais enceinte. J'avais pris quarante livres, peux-tu croire ? Je

me trouvais assez laide, mais regarde comme tu étais
beau ! Tu pesais dix livres – un gros bébé ! Regarde cette
photo-là ! C'était ton baptême. Grand-maman voulait te
porter, mais tu étais trop pesant pour elle. J'avais peur
qu'elle t'échappe. Et celle-là ici : toi, ton père et ton
oncle Jean-Marc sur le *ski-doo*. Le bruit du moteur ne te
dérangeait pas du tout. Tu pouvais dormir partout. Cette
année-là, il y avait tellement de neige qu'il a fallu qu'on
sorte par le deuxième étage de la maison.

Je me suis appuyé sur son épaule. Il y avait papa qui
riait aux éclats en me lançant dans les airs, au-dessus de
lui. Moi bébé qui souriais de toutes mes gencives, dans
le sac à dos de papa qui se reposait, appuyé sur ses bâtons
de ski. Une autre où maman était en maillot de bain sur le
quai d'un lac, quelque part dans les Laurentides. Il y avait
une photo de moi, plus jeune que Luc, qui me cachais le
nez dans le manteau de ski de papa parce qu'il y avait un
père Noël qui me faisait peur avec ses ho ! ho ! Et une
autre quand j'avais douze ans. Je regardais la photo en
touchant le visage de papa avec mon doigt, comme si
j'avais pu le toucher pour vrai. Papa plissait des yeux sous
le soleil d'hiver devant la maison, le jour de Noël, avec un
Spoutnik tout petit, qui n'arrêtait pas de se tortiller dans
ses bras. J'ai réalisé que je souriais.

– Maman ?

– Oui, mon chéri.

– Je pense que c'est fini entre Jul et moi.

C'était un soulagement de le lui dire.

– Parle-moi. Qu'est-ce qui est arrivé ?

Elle a bu une gorgée de café.

~

C'était tante Sophie qui m'en avait donné l'idée. Elle était arrivée d'un air affairé dans la cuisine après la messe, un dimanche après-midi, vêtue d'un poncho mexicain à franges roses et brunes, de talons hauts et d'un béret mauve – sa tenue préférée pour une sortie avec Luc.

– Un café ?

Maman était assise en indien sur le plancher en train de couper les griffes de Spoutnik avec ses petits ciseaux à ongles. Elle a montré la bouilloire de la tête.

– Bien sûr !

Tante Sophie s'est mise à l'aise dans la chaise d'osier avec sa tasse de café pendant que je rassemblais les boîtes de jus d'orange, les blocs Lego, les voitures miniatures, le gros chandail de laine et toutes les autres choses dont Luc avait besoin. Et la réponse est non – ils n'allaient pas gravir le mont Everest. Ils allaient prendre le métro pour se rendre au Biodôme voir les animaux dans la forêt tropicale.

Tante Sophie a fouillé dans son sac à main et en a sorti un ourson en peluche rose portant un gilet tricoté, couvert de cœurs, afin que maman puisse l'admirer.

– N'est-il pas adorable, rien qu'un peu ? a-t-elle dit en donnant un gros bec sur son museau noir en plastique.

– C'est à toi ? Pourquoi t'as un ourson ? Les oursons sont pour les bébés, a dit Luc d'un ton soupçonneux.

– Ah, oui, mon cher. C'est un cadeau. Laisse-moi te dire quelque chose : tu peux garder tes diamants. Il n'y a rien de plus romantique au monde qu'un animal en peluche !

Elle a regardé maman d'un air complice, ouvert les valves et laissé couler une tonne de rires.

C'est pourquoi j'ai acheté à Jul un toutou en forme de Tintin. Je lui ai donné à la dernière rencontre du groupe. Elle semblait heureuse de mon cadeau – aussi heureuse qu'on peut l'être quand on reçoit un cadeau d'une vieille tante dont le visage pique quand elle nous embrasse parce qu'elle ne s'est pas rasé la barbe depuis une semaine.

Indifférente. À l'heure du dîner, elle m'a donné une enveloppe rose avec une bordure fleurie. À l'intérieur, il y avait une carte sur laquelle un chaton jouait avec une balle de laine. Elle avait écrit, à l'encre rose :

Merci d'être un si bon ami. Tu es comme un frère pour moi.

J'aurais voulu vomir.

❦

– Pauvre François. Je suis tellement désolée.

Maman m'a pris dans ses bras. Je pouvais sentir ses os fragiles et j'ai réalisé à quel point elle avait maigri.

– Je lui ai dit tout plein de choses vraiment intimes et puis là, elle me voit comme un frère.

– Peut-être que tu pourrais lui dire ce que tu ressens pour elle.

Pourquoi pas et peut-être que je pourrais aussi lui demander d'essayer ma Ferrari. Le pire dans tout ça, c'est que j'avais déjà essayé, mais que rien n'avait marché.

Maman m'a dit :

– Pauvre bébé.

J'ai toujours haï ça quand elle m'appelait son pauvre bébé.

– Tu sais, François, tu ne peux pas forcer quelqu'un à t'aimer. Pas plus que quelqu'un peut te forcer à l'aimer.

– Je l'aime maman. C'est la première fois que je ressens quelque chose comme ça. Je pensais vraiment qu'elle était faite pour moi.

– Tu es tellement jeune. Tu vas en trouver d'autres.

C'est exactement ce que je voulais entendre. Non, attendez – c'est exactement ce que j'aurais voulu entendre si j'avais eu besoin d'une bonne excuse pour commettre un meurtre.

– Pourquoi es-tu aussi accroché à elle ?

– Parce qu'elle sait ce que c'est que de perdre quelqu'un. Sa mère est morte.

– Tu n'as pas besoin d'être une poule pour reconnaître un œuf.

Ou aurait dit l'évangile selon tante Sophie.

– Tu vas trouver une fille qui va te comprendre et t'aimer, même s'il elle n'a pas vécu les mêmes expériences que toi.

Je tirais les poils du tapis vert du salon.

– On dirait que je perds tout ceux que j'aime. Qu'est-ce qui ne va pas avec moi ?

Elle a ri.

– Je ne comprends rien à l'amour. Tout ce que je sais, c'est que ça peut être tellement bon que tu peux être la personne la plus heureuse sur terre, mais aussi la plus misérable ou la plus furieuse. Et c'est tout à fait normal. Tu es triste mon chéri, c'est tout.

– Je suis tanné d'être triste.

En disant ces mots, j'ai réalisé à quel point ils étaient vrais. Je suis resté sur le plancher du salon, enlacé avec maman, ne voulant pas bouger. Après, je suis allé au lit.

* * *

J'en étais venu à redouter les longues et sombres heures que je passais couché dans mon lit, incapable de dormir, pendant que mes pensées hurlaient dans ma tête. M. Bergeron m'a dit que les êtres humains, à l'époque de l'*homo erectus*, étaient programmés pour avoir peur la nuit, afin qu'ils restent dans leur grotte et que les machairodus – un genre de dinosaure – ne puissent pas les manger. Il y a eu plusieurs nuits durant lesquelles j'aurais préféré affronter des bêtes sauvages au lieu d'avoir dans ma tête des images de papa se balançant au bout d'une corde. Cette nuit-là, j'ai rêvé à lui. Dans mon rêve, je revenais à la maison quand je l'ai aperçu, assis sur la véranda, en train de m'attendre.

– Papa ? Est-ce que c'est toi ? Qu'est-ce que tu fais ici ?
Il m'a souri.

– Je t'attendais. Je veux jouer une partie de poker avec
toi, fiston. Les cartes sont sur la table, et je suis arrivé à
temps pour nettoyer la cuisine pour que ta mère puisse
jouer avec nous. Ça fait tellement longtemps !

Il semblait tellement réel que j'aurais pu le toucher si
j'avais voulu.

– Papa ?

– Oui, mon fils.

– Je t'ai attendu tellement longtemps, moi aussi. M'as-
tu entendu pleurer ?

Il a ignoré ma question.

– Dépêche-toi avant que le vent n'emporte toutes les
cartes. Après, il va être trop tard.

Au moment où je mettais le pied sur la véranda, un
coup de vent a fait revoler les cartes dans les airs comme
des colombes. J'ai essayé de les rattraper, mais le vent était
trop fort. Ensuite, le vent a tout balayé sur son passage –
les cartes, la balançoire qui pendait de l'érable, la maison,
mon père. J'ai crié :

– Papa, reviens ! Je t'en supplie. Il faut que tu restes !

Sa voix est parvenue à mon oreille, aussi éteinte qu'une
flamme qui manque d'air.

– Je dois partir. Je dois aller voir quelqu'un. Ne t'en fais
pas, mon gars. Je t'aime.

Il est disparu et a tout emporté avec lui, me laissant
seul sur le trottoir. Quelques-unes des cartes sont

retombées du ciel. Il ne restait aucune autre trace de
son passage.

❧

Malgré tout, je me suis réveillé réconforté, comme si
j'avais bu un bon chocolat chaud par une journée ven-
teuse, parce qu'il m'avait dit « je t'aime ». J'ai sorti le
coffre de papa du tiroir de ma commode et j'ai relu le
bout de papier.

Je dois vous dire que cette année-là, tout avait l'air
d'un rêve surréel, comme les peintures de Dali. C'est la
seule façon dont je peux expliquer ce qui est arrivé par
la suite. Je n'avais rien d'un globe-trotter : la seule fois
que j'avais voyagé seul hors de Montréal, c'était à l'occasion du voyage à New York – et comme j'étais avec
d'autres élèves et des professeurs, ce n'est pas ce qu'on
pourrait appeler un voyage solitaire. Ça va vous donner
une petite idée du côté tiré par les cheveux de tout cela.
J'avais décidé que j'irais à la réunion de poker. La petite
partie de mon cerveau qui pensait encore de façon logique
me posait toutefois des questions du genre : *Comment me
rendre à Toronto ? Avec quel argent ? Où habiter ?* J'ignorais
toutes les réponses. Pendant que je faisais des plans, je
savais que c'était fou, mais au fond, j'espérais tellement
que papa y soit.

12 | LE MÉNAGE

Qu'est-ce qui se passe chez vous ? a dit Bruno, d'une voix qui prenait des intonations d'avion supersonique parce qu'il avait des écouteurs sur les oreilles.

J'ai regardé en bas de la rue et je pouvais voir que la porte d'entrée et toutes les fenêtres étaient grand ouvertes.

J'ai laissé Bruno derrière moi et j'ai couru, mon cœur battant aussi fort qu'un musicien de tambour, et gravi les marches trois par trois.

– Enlève tes souliers tout de suite ! Je viens juste de laver le plancher.

Maman portait un chandail tout déchiré de Pink Floyd et un short, les cheveux remontés dans une casquette des Expos. Elle était à genoux, en train de polir le plancher avec du savon du pays.

– Et éloigne-toi des murs, ils viennent juste d'être nettoyés à la brosse.

– Pourquoi ? Ils avaient l'air correct.

– La maison avait besoin d'un grand ménage. Quand j'aurai fini ici, tu vas m'aider, et on va s'attaquer au grenier ensemble.

Le grenier. Jamais.

– Non. Je ne mets pas les pieds là.

– M'as-tu compris, François ? Il faut que tu m'aides.

Elle s'est relevée et a essuyé ses mains sur son chandail.

– Pourquoi ? Tu es celle qui veut y aller, pas moi, ai-je dit.

– Ne commence pas, tu veux.

J'ai regardé dans le salon. Il y avait des boîtes de carton de la SAQ et de Provigo empilées dans la salle à manger et dans le vestibule. Elles avaient été empaquetées et étiquetées.

– Les vêtements de papa ? ai-je demandé.

– Oui. Ton oncle Jean-Marc va venir les chercher, a-t-elle dit d'un ton ferme.

– Tu donnes tout ?

– J'ai suffisamment de souvenirs de ton père dans ma tête. J'ai besoin de faire le ménage.

– Mais peut-être qu'un jour son linge va me faire ?

– J'ai mis de côté les t-shirts qu'il préférait et ses bons chandails dans une boîte pour toi et Luc. Le reste ne te fera jamais. Tu es trop maigre.

Maigre. Hé, je n'aurais jamais remarqué ! J'étais tellement maigre que vous auriez pu voir la lumière d'une lampe de poche à travers mon corps.

– Ne fais pas le bébé. Tu as seize ans maintenant. Tu es assez vieux pour comprendre.

Seize ans. J'avais eu seize ans le 13 avril, et ça n'avait pas été l'anniversaire le plus joyeux. Tout ce que je savais, c'était que je ne voulais pas de fête avec mes amis. Comme le vieux Monstre du deuil n'était pas encore assez apprivoisé, je ne savais pas s'il allait se montrer le bout du nez, cet invité qui n'était pas le bienvenu. Donc, durant l'après-midi, on est allés rendre visite à grand-papa à sa résidence pour personnes âgées et, durant quarante-cinq longues minutes, je l'ai écouté m'appeler Benoît pendant que maman lui faisait manger son muffin aux carottes en petits morceaux, pour éviter qu'il ne s'étouffe. Spoutnik était à ses pieds – chose qu'il ne faisait jamais d'habitude – à l'affût des inévitables miettes. Maman avait invité tante Sophie et oncle Jean-Marc pour le souper. Mon oncle Jean-Marc n'est pas venu, mais tante Sophie s'est pointée. Maman avait préparé une lasagne, mon plat préféré. Tante Sophie m'avait acheté le nouveau CD de U2. Je l'ai embrassée, et son explosion de rire m'a fait sourire cette fois-ci. Luc m'a donné un dessin de Spoutnik, qu'il avait fait. La fête de papa était le 14 avril, et maman avait l'habitude de faire un gâteau et d'y inscrire nos deux noms. Cette année-là, son nom n'y était pas. Le mien prenait toute la place.

C'était un de ces jours yo-yo où je pouvais me sentir ok pendant un moment, puis dans les « vaps » et, l'instant d'après, super content. Tante Sophie est partie vers sept heures. *Cruising Bar* jouait à la télé, et elle ne voulait pas le manquer – surtout pas Michel Côté. C'est comme ça que ma fête s'est terminée.

<center>~~~</center>

– François, m'as-tu compris ? You-hou ! Où es-tu ? La terre appelle la lune ! François, je te parle.

– À propos de quoi ?

En un éclair, je suis revenu sur terre, dans le salon exhumant l'odeur de citron du savon.

– Ah, oui, jeter à la poubelle les choses de mon père ?

J'ai claqué la porte et suis parti sur mon vélo en direction du Resto-Régalo.

M. Régalo versait du café à une table où quatre hommes âgés, qui mangeaient des œufs et des rondelles d'oignons, avaient une conversation animée portant sur une course de chevaux. Quand M. Régalo m'a vu, il a déposé la cafetière et est venu me voir.

– J'ai exactement ce dont t'as besoin.

Il m'a apporté une tasse de café et s'est assis sur le banc à côté de moi. Les vieux étaient tellement absorbés dans leurs histoires et leurs gageures qu'ils ne s'occupaient pas du tout de nous.

– Pourquoi tes yeux sont rouges ?

– Pour rien.

– Certain ?

Yeux rouges ? Voyons donc. Tout allait mal. Jul me traitait comme un jouet. J'avais peur que ma mère s'effondre et disparaisse comme papa. Je m'inquiétais de Luc qui avait l'air plus heureux de jouer à la balle avec Spoutnik que d'être entouré d'enfants de son âge. J'ai été une telle déception pour mon père qu'il a pensé que je ne valais pas la peine qu'il reste pour me regarder grandir. Je voulais m'enfuir le plus loin possible.

– Ma mère veut donner les vêtements de mon père à mon oncle Jean-Marc. Qu'est-ce qu'il a fait pour nous, lui ? Maintenant, il va avoir la veste de papa et, même, ses souliers. Il n'y a plus rien pour moi.

– Je vois.

– Et elle veut même faire le ménage du grenier.

– Des fois, c'est bon de faire du ménage. Il faut enlever les toiles d'araignées.

– Vous ne comprenez pas.

M. Régalo attendait que j'aie fini de brasser furieusement mes deux cuillères de sucre dans mon café.

– J'ai peur du grenier.

Je ne savais pas comment le dire. Je ne savais pas comment cracher les mots qui m'étouffaient.

– Pourquoi ?

– C'est là que papa est mort.

M. Régalo a hoché la tête en silence. Je voulais pleurer mais, au lieu, j'ai dit :

– Êtes-vous déjà allé à Toronto ?

– Bien sûr. On avait l'habitude de naviguer sur le Saint-Laurent avec toutes sortes de cargos. Pourquoi tu me demandes cela ?

M. Régalo m'a regardé d'un air méfiant.

– Pour rien. Avez-vous déjà entendu parler d'un endroit qui s'appelle *Au Bleu Marin* ?

Il a ri.

– Oh, ça fait longtemps ! À quoi tu veux en venir ?

Il a secoué la tête, comme s'il essayait de faire disparaître un souvenir.

– Savez-vous le mot de passe ?

– Les gars, c'est l'heure de fermer.

M. Régalo s'est levé et a commencé à nettoyer la table des vieux. Je savais qu'il n'allait pas répondre à ma question.

13 | LE RESTO-RÉGALO

J'étais assis sur un banc, dans la cuisine miteuse du sous-sol du resto, en train d'éplucher des patates pour faire des crêpes et des frites. En haut, le resto était bondé. Il faisait chaud, et je suais.

– As-tu fini avec les patates ? m'a demandé M. Régalo, du haut des marches.

– Il en reste six ou sept à éplucher.

– Laisse-les pour le moment et viens en haut me donner un coup de main.

Je ne pouvais pas dire que j'aimais travailler au resto, mais la paie n'était pas mal, et M. Régalo me laissait choisir la musique qui jouait tout le temps. J'apportais des CD de Jacques Brel et de U2.

– François, va servir l'homme à la table au bord de la fenêtre.

– Mais je n'ai jamais servi personne !

Parler aux inconnus n'était pas ma grande force. Mon visage brûlait quand j'ai ouvert le petit calepin et demandé à l'homme ce qu'il voulait manger.

– Un club sandwich, et je veux le bacon bien cuit, m'a-t-il dit, sans lever les yeux de son journal.

– Désolé, on n'a pas de bacon ici.

– C'est un restaurant ou quoi ?

– Oui, mais c'est un restaurant kascher.

– Merde !

L'homme a pris son journal et est parti.

– Qu'est-ce qui est arrivé ? a demandé M. Régalo.

– Il voulait un club sandwich.

M. Régalo a haussé les épaules et m'a dit :

– Va finir les patates.

Il faisait à peu près trente degrés dehors – affreusement chaud pour le mois de mai. J'étais en lavette après avoir gravi la montagne à vélo jusqu'à chez moi. Malgré la chaleur, maman chantonnait joyeusement *Le Petit Roi* devant la table de la cuisine, en train de transplanter ses herbes dans des pots de céramique rouge. Elle avait ouvert toutes les fenêtres, mais la maison sentait toujours la peinture. La semaine précédente, elle avait repeint le salon, la cuisine et toutes les chambres de la maison, sauf la mienne. Je voulais garder ma chambre telle quelle, d'un blanc immaculé. Il y avait de la couleur partout ailleurs – du jaune dans la cuisine, du bleu dans le salon et du vert dans la salle de bain. Elle avait aussi nettoyé le grenier avec tante Sophie. Je ne pouvais pas le faire. Point final.

⌇⌇⌇

Dans les vieux films, on montre que le temps passe vite en arrachant les pages d'un calendrier. Sans même m'en apercevoir, les pages qui marquaient l'année disparaissaient. Maman était plus souvent heureuse que triste. Elle avait quitté son emploi au bureau de poste pour aller travailler dans un cabinet d'architectes. Elle gagnait plus d'argent et parfois sortait avec tante Sophie pour prendre un verre ou aller voir un film pendant que je gardais Luc. Mon petit Luc. Quand je suis allé le chercher à la garderie hier, il m'a donné une peinture qu'il avait faite avec ses doigts et m'a dit :

– Je pense que papa est vraiment mort maintenant.

Comme il n'avait pas parlé de papa depuis des millénaires, cela m'a pris de court.

– Qu'est-ce qui te fait dire ça ?

Il avait manifestement beaucoup réfléchi à sa phrase.

– Parce qu'il n'est pas venu pour ton anniversaire. Il est mort pour de bon. Est-ce que je peux avoir des crêpes pour souper ?

⌇⌇⌇

Les jours difficiles s'espaçaient de plus en plus; alors, quand ils survenaient, j'étais surpris. J'attendais dans les

toilettes des garçons que la voie se libère afin que personne ne me voie entrer dans le bureau de M. Bergeron
quand, tout à coup, un souvenir m'a frappé. Papa et moi
étions sur le Mont-Royal. Il pointait le plus grand chêne
du doigt.

– Tu vois cet arbre ? Il est en train de mourir. Même
les plus grands arbres meurent un jour. Ils retournent à la
terre et nourrissent les autres.

J'en ai parlé avec Raymond – M. Bergeron.

– Est-ce que c'était sa manière de me dire qu'il allait
aussi mourir ? Est-ce qu'il me demandait de l'aide, mais
je ne l'ai pas réalisé ?

– Peut-être qu'il se contentait de te parler des arbres,
m'a dit M. Bergeron.

« Est-ce que j'ai une poignée dans le dos ? » C'est ce que
papa aurait dit en entendant la nouvelle. Il semblait que
tante Sophie avait rencontré un homme. C'était un veuf,
sans enfant, mais qui avait un gros Labrador au mauvais
caractère. Tante Sophie a emmené l'homme et Pistache,
le chien, au souper du dimanche. Cette soirée-là aurait pu
remporter le prix du « souper de famille le plus horrible
du monde ».

Pendant tout le repas, j'avais peur que mon regard
croise celui de maman parce que si on partait à rire, on
ne pourrait plus s'arrêter. Premièrement, il y avait Luc,
qui n'avait jamais vu tante Sophie avec un homme et

dont le visage changeait sans qu'il s'en rende compte en la voyant le traiter aux petits soins, comme une tourterelle. Si elle avait eu un mouchoir en dentelle, je suis certain qu'elle l'aurait agité en lui faisant un clin d'œil. Ensuite, il y avait ce Labrador nauséabond et haletant, qui tenait tous les jouets de Spoutnik entre ses grosses pattes de chien obèse. En plus de ça, il y avait l'homme lui-même. Quand il a enlevé sa casquette de baseball, je l'ai reconnu – c'était l'homme qui avait commandé le club sandwich au Resto-Régalo. Je ne savais pas s'il se souvenait de moi ou non. C'était la première fois qu'un homme, autre que mon père, mangeait à notre table. La soirée fut un fiasco total. Il y a quelques mois, ça m'aurait fâché ou attristé. Mais maintenant, ça me faisait rire.

14 | LE REMPLACEMENT

Je me suis réveillé en sursaut comme si une alarme avait été déclenchée – Luc pleurait. Je l'ai trouvé couché sur le plancher de sa chambre – il était probablement tombé du lit.

– Est-ce que je peux coucher avec toi ? J'ai peur.

Quand je me suis mis à genoux pour le bercer, j'ai senti son petit corps tremblant dans mes bras. Quand je l'ai remis au lit, il dormait déjà.

Le lendemain, c'était lundi. Vous ai-je déjà dit que sur ma liste des choses que je déteste le plus, les lundis matins sont tout en haut. J'ai versé du lait dans les céréales de Luc. Peut-être était-ce l'influence de Raymond, mais je voulais lui poser des questions. *Parle de tout et de rien. Ne cache rien.*

– Qu'est-ce qui s'est passé la nuit dernière ? lui ai-je demandé.

– Un cauchemar.

Il appuyait sur chacun de ses *Cheerios* au miel et aux noix, l'un après l'autre, comme pour essayer de les noyer dans son lait.

– Vraiment ?

– Les cauchemars ne sont pas amusants, François, m'a-t-il dit d'un ton sérieux.

– Non, c'est vrai, t'as raison.

J'ai attendu qu'il continue à parler.

– J'ai fait un rêve, a-t-il dit.

– Est-ce que c'était un beau rêve ?

– Non, m'a-t-il dit d'une voix sèche.

Il fallait que je lui arrache chaque mot de la gorge. C'était pénible.

– À quoi as-tu rêvé ?

– À des bonbons.

– T'as rêvé à des bonbons et tu me dis que c'était un cauchemar ? C'est difficile à croire !

– Mais c'est vrai ! J'ai rêvé que j'avais faim et y avait rien à manger dans la maison, sauf des spaghettis. Je pensais qu'y aurait peut-être au moins des jujubes dans le pot sur le comptoir de la cuisine, mais y avait rien.

– Qu'est-ce que t'as fait ?

– J'ai pleuré.

– Pourquoi t'as pas mangé de spaghettis ?

– Parce que je voulais manger des bonbons. Pas des spaghettis.

Il m'a regardé pour être certain que j'avais compris.

~

Après l'école, j'ai travaillé pendant au moins dix heures au Resto. M. Régalo était d'une humeur « je-dois-parler-à-quelqu'un ».

– Je suis content de te voir ! Y a un gros sac de dix livres de patates avec ton nom dessus, mon gars !

Mon gars. Les mots me donnaient envie de pleurer. J'ai descendu les marches de bois étroites et me suis mis à éplucher les patates qui provenaient de l'île d'Anne-la-maison-aux-pignons-verts. Au moins, j'étais tout seul. J'étais en sécurité ici, sans personne pour me dire de faire mes devoirs de maths, me harceler jusqu'à ce que je mange ou me demander d'aller acheter du lait au dépanneur. Quand j'ai eu fini d'éplucher les patates, j'ai apporté la grosse récolte en haut et l'ai mise à frire dans l'huile. Ça, c'est du travail chaud, je vous le garantis. L'homme au chapeau vert est revenu et, cette fois-ci, il a commandé un bagel avec des frites. Quand je l'ai servi, il m'a regardé d'une drôle de façon. Il m'a laissé cinq dollars comme pourboire. Je n'arrivais pas à y croire. Habituellement, on me laissait une piastre – ou deux quand c'était tante Sophie ou maman.

~

Comme maman avait recommencé à aller chez le coiffeur le samedi matin, j'étais seul avec Luc. Je l'ai installé devant la télé pendant que je rangeais la cuisine. Il s'est assis en indien sur le plancher avec son assiette en équilibre sur ses genoux et a fait une montagne de miettes de toast avec de la confiture aux framboises pendant qu'il regardait *Bugs Bunny*.

– Quoi de neuf, docteur ? m'a-t-il dit quand je suis allé ramasser son assiette, je veux des jujubes !

– Tu viens juste de déjeuner ! Si maman dit que c'est ok, tu pourras en avoir plus tard.

– J'en veux maintenant ! Plus tard, ça va être trop tard.

– Arrête de me taper sur les nerfs ! Tu peux pas tout avoir maintenant !

Il s'est remis à regarder les dessins animés en grognant je-ne-sais-quoi, et j'ai étalé mes bandes dessinées sur le plancher.

– Peux-tu être mon père ?

Il m'a posé la question comme s'il avait réfléchi sur le sujet pendant un bon moment. Être son père. Moi. Je voulais lui faire entendre raison mais, en même temps, je voulais le prendre dans mes bras.

– On ne peut pas remplacer les gens comme ça. Tu ne peux pas remplacer un père. Point final.

Luc a éteint la télé et s'est dirigé vers la cour arrière. Je l'écoutais lancer le *frisbee* au chien quand, tout à coup, j'ai réalisé quelque chose. J'avais dit *point final*. Comme maman. Mon Dieu, aidez-moi.

Le téléphone a sonné. C'était tante Sophie.

– Salut François, est-ce que ta mère est là ?

– Non, mais elle va revenir vers midi. Elle est partie chez le coiffeur.

– Ah, bien sûr.

– Tante Sophie ?

– Oui.

– Je suis content pour toi. Il est vraiment chanceux.

– Oh ! C'est tellement gentil, mais pourquoi tu me dis ça ?

Je savais qu'elle était surprise.

– Je l'ai rencontré au casse-croûte entre mes beignes numéro un et numéro deux, mais c'est pas mon chum.

Elle a ri.

– Qu'est-ce qui s'est passé ? Avez-vous cassé ?

Quand tu es une championne du rire comme tante Sophie, le message et la façon de le livrer sont deux choses entièrement différentes. Elle pourrait très bien annoncer la fin du monde en riant comme une défoncée.

– Non ! On n'est jamais sortis ensemble ! Il veut connaître ta mère. C'est pourquoi je l'ai emmené souper. Il l'aime bien. Pis, je pense qu'elle l'aime bien aussi.

Les mots m'ont fait l'effet d'une douche froide. De l'eau épouvantablement glaciale.

Tout s'expliquait : le coiffeur, la bonne humeur, le ménage. Ma mère avait un chum ! Je ne voulais pas le croire. Ça ne se pouvait pas. Pas ma mère. Pas déjà. Comment osait-elle ?

J'ai raccroché le téléphone sans même dire au revoir. Je voulais déchirer la tapisserie neuve et casser les jolis pots d'herbes de maman. Je voulais crier jusqu'à ce le toit tremble. Elle aurait dû attendre. Ça ne faisait même pas un an.

J'ai ordonné à Luc de rester là où il était jusqu'à ce que je revienne.

— Où tu t'en vas ?

— Je m'en vais m'acheter de la bouffe.

— Mais tu viens de manger, m'a-t-il dit d'un ton accusateur. Est-ce qu'une abeille t'a piqué ?

Luc avait déjà été piqué et maintenant, il se servait des piqûres pour mesurer tout ce qui était terrible. C'est vous dire à quel point j'avais l'air fâché.

— Pas juste une abeille ordinaire, un bourdon. Un monstre de sept pieds de hauteur ! Promets-moi que tu ne bougeras pas !

Le Resto-Régalo n'était pas officiellement ouvert parce que c'était samedi, mais quand j'ai regardé à l'intérieur, j'ai vu M. Régalo assis au comptoir en train de lire le dos d'une boîte de céréales. La porte était verrouillée.

— Qu'est-ce qui est arrivé, mon gars ?

— Ne m'appelez pas *mon gars*. Vous n'êtes pas mon père.

— Ok ! C'est vrai, t'es pas mon fils. Mais j'aime ça t'appeler comme ça. Il s'est retourné pour lire son journal.

— C'est ma mère.

— Qu'est-ce qui se passe avec elle ? Il avait l'air inquiet.

— Elle a un chum.

En soupirant, M. Régalo a tourné son banc pour me faire face.

– Tu sais, ta mère est encore jeune. C'est possible qu'elle trouve quelqu'un d'autre avec qui partager sa vie.

Quand il a dit ça, j'ai eu la nausée.

– Oui, mais pas tout de suite ! ai-je dit.

– C'est vrai, c'est tôt encore, mais la vie continue. Ton père est peut-être mort, mais il faut que tu continues de vivre, et ton petit frère aussi. Et ta mère.

J'ai compris les mots qu'il disait et s'il avait parlé de quelqu'un d'autre que ma mère, j'aurais sûrement été d'accord avec lui. Mais je ne pouvais pas supporter l'idée.

Quand je suis rentré à la maison, maman était dans la cuisine en train de défaire les sacs d'épicerie. Elle me tournait le dos. Je pouvais voir qu'elle s'était fait faire des mèches d'un blond plus pâle.

– Tante Sophie a appelé, ai-je dit.

– Est-ce que tu sais ce que Luc faisait quand je suis arrivée ?

Elle ne s'est pas retournée pour me parler. Oh, mon Dieu, je l'avais complètement oublié celui-là ! *S'il vous plaît, faites qu'il ne lui soit rien arrivé, et je vous promets que je vais accepter tous les hommes que maman va draguer et ramener à la maison. Je promets même d'être le garçon d'honneur à leur mariage et je ne dirai plus jamais un mot.*

– Il jouait avec un briquet et des branches de cèdre.

Elle adorait l'odeur du cèdre et en plaçait toujours des branches dans un vase sur la table à café du salon.

– Il aurait pu mettre le feu à la maison. Où étais-tu ? Si quelque chose était arrivé, ça aurait été de ta faute !

– Comment peux-tu dire ça ? Pourquoi TU n'étais pas là pour prendre soin de Luc comme une mère normale ?

Ses yeux se sont agrandis comme si elle n'avait plus de paupière.

– Tu ne m'as jamais parlé comme ça avant, et ce n'est pas aujourd'hui que ça va commencer, m'entends-tu ?

– Je sais tout à propos de lui. Tu devrais avoir honte !

– Mais de quoi tu parles, François ?

– Tante Sophie m'a tout raconté.

– T'as raconté quoi ?

– Que tu sors avec un homme.

Son visage est devenu rouge vif.

– C'est pas de tes affaires ! Tant que tu vas vivre dans ma maison, tu vas respecter ta mère. Va-t-en dans ta chambre !

Je me suis étendu sur mon lit, fixant le plafond blanc de ma chambre, mes pensées vacillant comme des voitures de montagnes russes qui seraient hors de contrôle. Du *respect* ? Ma mère était une putain qui traînait avec le premier venu. Luc et moi ne lui suffisions pas. Si papa avait été là, il n'aurait jamais permis ça. Mais il n'était pas là et ne sera plus jamais là non plus. Je devais faire face à la réalité. Il m'avait laissé parce que je ne valais pas la peine qu'il reste pour me voir grandir. Il n'est pas surprenant que Jul ait fichu le camp. Qu'est-ce que je vaux si mon propre père ne veut même pas me voir grandir ? Je suis laid. Maigre. Au travail, je vaux sept dollars l'heure. À l'école, je vaux 51 pour cent en mathématiques. Si je ne vaux rien,

aussi bien faire comme mon père. Si je mourais demain,
qui viendrait à mes funérailles ? Est-ce que Julia
viendrait ? Est-ce qu'elle pleurerait ? Est-ce qu'elle se
sentirait coupable ? Viendrait-elle toute seule ou avec son
idiot de David ? Est-ce que ma mère viendrait toute seule
ou avec son con de chum qui porte la casquette verte la
plus stupide de la terre ? Une chose est sûre, c'est que M.
Régalo serait là, comme aux funérailles de mon père. Il
pleurerait aussi. J'en suis certain.

Je suis allé à la salle de bain, j'ai ouvert la pharmacie au-
dessus du lavabo et j'ai pris la bouteille d'aspirines. Elle
était presque pleine. Je me demandais si ça faisait mal de
mourir. Si papa pouvait le faire, je le pouvais aussi. Tel père,
tel fils. J'ai regardé la bouteille pendant cinq minutes.
L'étiquette disait EXTRA FORT. J'ai ouvert le couvercle.

Luc a cogné à la porte.

– J'ai besoin de faire pipi. Dépêche-toi !

Cet enfant-là avait toujours envie. J'ai refermé le couvercle de la bouteille et l'ai remise sur la tablette, puis j'ai
ouvert la porte.

– C'est à ton tour, le jeune.

Je savais que je n'aurais jamais pu le faire. Je n'allais
quand même pas faire de mon petit frère une autre
victime innocente qui souffre – comme papa l'a fait avec
moi. Point final.

15 | LE CHAPEAU VERT

L'anniversaire était passé presque inaperçu. Maman est allée à l'église et au cimetière, mais on n'en a pas parlé à la maison. On était retournés au mode *pas-un-mot/pas-de-souffrance*. L'été était à nos portes. Je me préparais aux deux mois suffocants que j'allais passer au Resto-Régalo à éplucher des patates pour M. Régalo. Bruno allait faire la tournée des stades de baseball d'Amérique du Nord avec son père, et les autres allaient travailler comme moniteurs dans un camp d'été dans les Laurentides. Luc était inscrit au Camp de jour des dinosaures, et maman était profondément, dégueulassement « en amour ». Le Chapeau vert avait pris racine, sur une base plus ou moins permanente, à la maison.

C'était une journée très chaude, tellement chaude que maman avait allumé le climatiseur. Laissez le bon temps rouler ! C'était le signe de meilleures perspectives financières. Le Chapeau vert était assis sur le sofa, ses jambes couvertes de poils noueux sortant de son short en jean coupé avec des franges – dégoûtant ! Maman et lui se souriaient comme seulement des malades mentaux peuvent le faire. Elle portait un chandail rouge beaucoup trop petit pour elle. Elle avait du rouge à lèvres partout sur le visage – disons, sur ses lèvres – mais de toute façon, il y en avait trop. J'étais évidemment invisible, même si j'étais assis juste devant eux. Elle s'est penchée vers lui pour l'embrasser.

Le pauvre con – le Chapeau vert – avait essayé de nous gagner à sa cause. Quel idiot ! Ce matin-là, il m'avait apporté une guitare électrique. Voici ce qui est arrivé :

– François ? C'était la voix de ma mère.

– Qu'est-ce que tu veux ?

J'étais couché sur mon lit défait, fixant le plafond en train de calculer le nombre de patates que j'allais éplucher d'ici septembre.

– Est-ce que nous pouvons entrer ?

Nous ? Elle a entrebâillé la porte.

– Regarde ce que Georges t'a apporté ? a-t-elle dit, radieuse.

Georges. Il avait un prénom. Quel prénom niaiseux que Georges ? Quelle mère saine d'esprit pouvait appeler son fils Georges ?

– Ta mère m'a dit que tu jouais de la guitare. J'ai pensé que peut-être tu aimerais avoir celle-ci ? m'a dit Georges.

Il tenait dans ses mains une belle guitare électrique

bleu nacré. J'ai eu un moment de folie. Il n'y a aucune autre explication pour ce qui est arrivé par la suite.

– Ok. Mettez-la sur le pupitre. Je vais y jeter un coup d'œil plus tard.

Maman m'a jeté un regard que je n'avais pas vu depuis qu'elle m'avait surpris en train de mordre Luc quand il était bébé. Ils sont sortis de ma chambre comme si j'étais atteint de la rage. C'était malgré tout une belle guitare. Je dois l'avouer.

❦

J'avais achalé mon père pendant des mois pour qu'il m'achète une guitare électrique. Il m'avait dit que c'était important d'apprendre la guitare acoustique en premier – et je savais qu'il avait raison – mais je savais aussi qu'il n'avait pas les moyens d'acheter un nouvel instrument de musique. Mais Georges, lui, me donnait une guitare électrique comme s'il se fichait éperdument du prix qu'elle avait coûté. Si papa avait eu suffisamment d'argent, il ne serait pas mort aujourd'hui. Argent sale. Maudit argent. Le monde court après l'argent. Le monde ferait n'importe quoi pour en avoir plus ou pour en avoir assez pour vivre. Des larmes coulaient sur mes joues, mais j'étais trop furieux pour les essuyer.

Je n'avais pas remarqué que Luc était entré dans ma chambre jusqu'à ce qu'il me flanque ses marionnettes de *Cannelle* et *Pruneau* au visage.

– Regarde ce que Georges m'a donné !

Les marionnettes étaient dans sa main droite. Sous son bras gauche, il tenait un camion de pompiers rouge brillant, rempli de *Smarties*. Il souriait tellement qu'il avait l'air d'un débile mental.

– Tu es con !

– Non, je suis pas con !

– Retardé ! Tu ne vois pas ce qu'il fait ? Le Chapeau vert essaie de nous acheter. Il se fout de toi. Il veut maman. Il essaie de nous la voler !

Les yeux de Luc pleuvaient pendant que sa lèvre inférieure tremblait. J'étais tellement content. J'avais trouvé les mots magiques. Je savais que Luc avait peur que maman parte comme papa.

– Fais attention, Luc. Si Georges te donne des cadeaux, on va avoir de gros problèmes.

Avec du recul, je me rends compte que le terrifiant Monstre du deuil avait dû avaler mon cœur. Pauvre Luc. Il a tout gobé. Je me détestais de lui avoir fait de la peine, mais je ne pouvais pas m'en empêcher.

Les petites épaules de Luc se sont affaissées pendant qu'il retournait à sa chambre en transportant son camion et ses marionnettes comme s'ils pesaient une tonne. J'ai pris la guitare et suis allé en bas. J'entendais les amoureux manipuler les casseroles dans la cuisine. Je suis donc passé par la porte d'entrée pour emprunter le corridor menant au garage. On pouvait sentir une forte odeur d'œufs pourris et de souris. J'ai déposé la guitare sur l'établi, pris un marteau et frappé sur la surface bleue luisante de la guitare. BANG. BANG. BANG. J'ai pris les ciseaux et j'ai coupé chacune des cordes. J'ai trouvé la perforeuse électrique et j'ai fait des trous dedans.

Spoutnik a mis ses pattes dans le cadre de la porte et a jappé comme si j'étais un étranger.

– François, qu'est-ce que tu fais, mon cœur ? Est-ce que tout va bien ?

– Je suis dans le garage.

Elle devait être aveuglée par les charmes du Chapeau vert pour ne pas avoir entendu le bruit infernal que je faisais.

– Et bien là, c'est le temps de manger. Allez, viens !

Je pouvais à peine regarder le Chapeau vert. J'aurais voulu lui égratigner le visage avec la fourchette que je serrais dans ma main droite. J'aurais voulu lui enfoncer dans la gorge pour l'étouffer. J'avais terriblement besoin d'un sacrifice humain. Je me sentais comme si toute ma douleur, ma rage et ma peur prenaient forme dans cet homme-là.

Je n'ai pas dit un mot durant tout le souper. Je regardais mon assiette.

– Qu'est-ce que t'as fait aujourd'hui, mon chéri ?

– Plusieurs choses.

– Comme quoi ?

J'avais déjà lu quelque part que l'être humain respirait en moyenne 840 fois par heure. Il était maintenant sept heures du soir.

– J'ai respiré environ 15 900 fois. C'est ce que j'ai fait aujourd'hui.

Au dessert, je suis allé chercher ce qui restait de la guitare
dans le garage. Je l'ai déposée sur la table, à côté du gâteau
au chocolat. Je me suis enfui en courant en haut de l'escalier,
en sachant fort bien que j'agissais comme un con de première classe, mais je me sentais terriblement bien en même
temps. Je pouvais entendre Luc crier au Chapeau vert :

– Tu es méchant ! Tu veux voler ma maman !

J'ai entendu des pas, puis le grincement de la porte de ma
chambre.

Pas de cognement poli cette fois-ci.

Maman est entrée comme un soldat au front.

– Pour l'amour du bon Dieu, qu'est-ce que t'as dit à
Luc ?

Elle ressemblait à Alice Cooper, avec le maquillage
dégoulinant sur son visage.

– Pourquoi tu fais ça, François ? Réponds-moi quand
je te parle !

Je ne comprenais pas pourquoi, mais j'étais enragé.
Son mascara faisait des marques noires sous ses yeux
comme celles des joueurs de football.

– Pourquoi tu es si méchant, François ?

– Je ne suis pas méchant. *TU* l'es !

– Pourquoi je ne peux pas avoir un peu de bonheur moi
aussi ?

– Pis Luc et moi, nous autres ?

Elle a pris sa tête à deux mains et a répété doucement :

– Pourquoi je ne peux pas être heureuse moi aussi ?

Au moment où elle disait ces mots, j'ai eu l'impression qu'on m'avait donné un coup de poing dans le ventre et que je n'arrivais plus à respirer.

– Ça fait juste un an, maman. Seulement un an.

– J'ai assez pleuré, je pense.

Sa voix était devenue douce et calme, et ça m'enrageait encore plus.

– Comment oses-tu le remplacer comme ça, avec ce Chapeau vert de con ?

– Il s'appelle Georges ! Arrête de l'appeler le Chapeau vert !

– Tu ne peux pas remplacer papa !

– Je ne veux pas le remplacer non plus.

Son sang-froid de soldat avait disparu, et elle s'est effondrée sur mon lit, s'est roulée en boule sur le côté et s'est mise à pleurer comme un bébé.

Je ne sais pas pendant combien de temps nous sommes restés figés comme des statues, mais à un moment donné, elle s'est assise. Je lui ai tendu un Kleenex, et elle s'est mouchée.

– Tu sais, je suis très fâchée contre ton père. Il est parti et m'a laissée sans argent, sans rien, avec deux enfants à élever toute seule.

– T'es pas toute seule, maman. Je suis là moi, avec toi.

– Je sais, mais c'est pas la même chose, François. Un jour, quand tu vas tomber en amour, tu vas comprendre ce que je veux dire.

Ah ! Tomber en amour. Je n'allais certainement pas refaire la même erreur. J'avais appris ma leçon.

– Ok.

Elle semblait abattue, comme un cadavre abandonné dans une tranchée.

– Je comprends que ça fait juste un an. Je vais demander à Georges de partir. Mais écoute-moi bien : je fais ça pour *toi*. C'est la première et la dernière fois de ma vie que je fais ça. M'entends-*TU* ? La première et la dernière fois. Maintenant, je ne pense pas que je veuille te parler pour un bon bout de temps.

Elle a fermé la porte et m'a laissé seul.

❧

Le jour après le départ du Chapeau vert, tante Sophie s'est pointée au Resto. Il était environ six heures, le lundi soir. Il n'y avait que deux ou trois clients assis à l'arrière. M. Régalo était au sous-sol, s'affairant autour du four à bagels. Les Rita Mitsouko jouaient à la radio. Il pleuvait dehors.

En entrant, tante Sophie a secoué son parapluie puis s'est assise sur un tabouret près du comptoir. Elle pouvait donc me parler pendant que je coupais les patates.

– Ta mère m'a TOUT raconté, m'a-t-elle dit.

Elle avait elle-même l'air d'une grosse patate, avec sa robe de coton rose toute fripée et son visage qui faisait des grimaces très inhabituelles. Je me concentrais sur mon couteau et mes patates.

– Tu me déçois beaucoup François. À ta place, je serais loin d'être fière.

Plus je l'approuvais dans ma tête, plus j'étais furieux. Quand tu te sens déjà coupable d'avoir fait quelque chose de stupide, tu n'as pas besoin qu'on enfonce le clou. Tante Sophie avait toujours été de mon bord. Je ne voulais pas lui montrer que j'avais honte.

– Tu n'es pas à ma place ! lui ai-je crié, sans le vouloir.

Elle s'est approchée du comptoir.

– Regarde-moi bien, François.

J'ai serré les poings.

– Tu es encore plus débile que toutes les patates, et je te déteste ! lui ai-je dit.

J'ai lancé une patate vers la fenêtre. Heureusement, j'ai frappé le support à journaux.

– T'es aussi fou que ton père !

Tante Sophie s'est levée et m'a pointé avec son parapluie. Je pense qu'à cet instant-là, elle n'avait pas tort; je l'étais un peu. J'ai alors commencé à lui lancer toutes les patates que j'avais épluchées. Elle est partie en courant. Les trois clients se sont retournés pour me regarder. M. Régalo est arrivé en rouspétant je-ne-sais-quoi.

– Mais qu'est-ce que tu fais ? Tu ne peux pas lancer les patates ! Tu ne peux pas faire ça !

M. Régalo m'a regardé comme si j'avais trois têtes. Il a ouvert un grand sac d'ordures et a commencé à ramasser les patates.

– La violence engendre la violence, a-t-il dit.

– Oh, super ! Encore des remontrances !

M. Régalo n'avait pas l'air fâché, mais plutôt dépassé. Et déçu.

J'avais perdu les pédales. Mon cerveau reptilien avait pris le dessus. J'avais réussi à terrifier Luc, à faire échouer les plans amoureux de maman, à me mettre à dos tante Sophie et M. Régalo. Bravo, François ! Un trois pour un ! Non, un quatre pour un. Pas étonnant que mon père n'ait pas pu m'endurer.

∗∗∗

J'ai lavé mon visage dans le petit lavabo des toilettes des hommes et j'ai quitté le resto. Il pleuvait tellement fort que j'ai enlevé mon t-shirt. J'ai marché sur la rue Saint-Denis et tourné sur l'avenue Mont-Royal. Je ne me suis pas arrêté jusqu'à ce que j'arrive à la statue de l'ange à l'entrée du cimetière. Elle m'a regardé comme si elle me saluait de la main. Tout était clair dans mon esprit. Je devais partir.

∗∗∗

Tante Sophie a emmené Luc et Spoutnik en auto pour passer une semaine dans un chalet d'été dans les Laurentides. Maman et moi ne nous étions pratiquement pas dit un mot depuis la fin de l'*affaire*. Je m'étais convaincu que je ne manquerais à personne si je partais.

∗∗∗

Le 14 août 1993. Mon Jour J à moi tout seul. J'allais voler de mes propres ailes, mais à vrai dire, je me sentais beaucoup plus comme *Tweety Bird* qu'un grand aigle. Après avoir acheté mon billet d'autobus, il ne me resterait plus que deux cent cinquante dollars, de l'argent que j'avais amassé en épluchant des patates, dans mon portefeuille tout neuf. Dans mon sac à dos, j'avais mis une couple de bouteilles de Pepsi, mon baladeur et des cassettes, des sous-vêtements, deux ou trois t-shirts et une carte de Toronto.

J'ai pris le métro jusqu'à la station Berri-UQAM. Même si le terminus d'autobus n'était qu'à cinq minutes à pied, mon chandail dégoulinait de sueur quand j'ai fait la file pour acheter mon billet. Une partie de mon cerveau savait très bien que ce que je faisais n'était pas le geste le plus brillant, mais mon jugement était affaibli par la litanie des raisons que j'avais rassemblées pour me convaincre de partir : je voulais laisser toute la douleur, la frustration, la colère – attendez une seconde, où ai-je mis mon dictionnaire des synonymes ? Ok. Je l'ai retrouvé – la déception, la furie, la rage, le ressentiment et l'amertume derrière moi. Il y avait bien d'autres choses que je voulais oublier. Par exemple, de m'être ridiculisé devant Georges et d'avoir dit à Jul que je l'aimais. Mais, surtout, je voulais oublier que papa ne nous avait pas aimés assez pour rester. C'était les raisons qui me « poussaient ». La raison qui « m'attirait » était le mot de passe, black jack.

16 | AU BLEU MARIN

L'autobus était presque plein. Je me suis assis à côté d'une vieille dame aux cheveux blancs, qui portait une blouse rose pâle, des lunettes et un pantalon jaune en velours côtelé. Avant même que l'autobus ne quitte le terminus d'autobus, la dame m'a dit qu'elle venait de Barrie, en Ontario, et qu'elle s'en allait visiter sa petite fille. Je me suis demandé si elle connaissait Jul, mais comme j'avais horreur de parler aux étrangers, je me suis tu. J'ai dormi jusqu'à ce que l'autobus s'arrête à Kingston. Il y avait un *Tim Hortons*, et même si je n'avais pas très faim, j'ai acheté un sandwich à la dinde. La vieille dame m'a offert une pomme.

– Où vas-tu, jeune homme ? m'a-t-elle demandé.

– À Toronto.

Comme vous pouvez le voir, j'avais beaucoup de conversation. Sarcasme.

– As-tu de la famille là-bas ?

– Non.

– Est-ce que c'est ta première visite ?

– Oui.

Allait-elle arrêter de me poser des questions ?

– Doux Jésus ! Tu vas tellement aimer ça ! Tu sais que c'est le temps de l'Exposition en ce moment à Toronto ! Mon Dieu que c'est le fun, avec tous les manèges ! Je me souviens, il y avait le pavillon où on montrait comment faire du beurre à partir du lait de vache. Pis tu sais quoi ? Je me souviens même du nom de la vache : Elsie ! Je devais avoir huit ou neuf ans. Mais maintenant, c'est...

– Excusez-moi.

Je me suis levé, voulant désespérément fuir le moulin à paroles, et me suis dirigé vers l'arrière de l'autobus où se trouvaient les minuscules toilettes. Je suis retourné à mon siège en espérant que l'Inquisition soit terminée. Elle ne l'était pas.

– Es-tu de Montréal ?

– Oui.

– Aimes-tu ça ?

– Oui.

J'allais devoir sauter de l'autobus. Je me foutais éperdument qu'il roule à plus de cent kilomètres à l'heure sur l'autoroute. Mais j'ai tout de même choisi la seule autre solution. Retourner aux toilettes en titubant et y rester jusqu'à ce l'odeur devienne insupportable, puis revenir à mon siège en titubant encore.

– Quel âge as-tu, jeune homme ?

– J'ai seize ans.

– Oh ! Mon Dieu ! Si seulement je pouvais remonter le temps et avoir seize ans de nouveau avec toute l'expérience que j'ai, jeune homme ! La vie serait tellement cool !

Cool ? Je n'avais jamais entendu une vieille dame utiliser ce mot auparavant. Étrange.

– Est-ce que tu as une blonde ?

Quel genre de femme était-ce ? Ma connaissance des gens de Barrie se résumait à Jul, et ça me portait à croire qu'ils étaient normaux. Ce n'est pas que cette dame en soit un bon exemple. Elle était bizarre, curieuse, et si je n'avais pas écrit le mot *étrange* trois lignes plus haut, je l'utiliserais une autre fois. Ce qui était bizarre à son propos, ce n'était pas le fait qu'elle me questionne avec insistance, mais plutôt que je me sente obligé de lui répondre. On n'a jamais eu besoin de me dire « Ne parle pas aux inconnus ! » *Gêné* était mon deuxième prénom. Comme par magie, elle m'avait fait déballer mon sac.

– J'en ai eu une avant, mais c'est fini. Elle était *fantasmagorique.*

Fantasmagorique. Je n'avais aucune idée de la signification du mot, mais j'aimais bien la manière dont il sonnait. Je l'utilisais donc de temps en temps, quand je voulais impressionner les gens.

– Oh... Je suis désolée. Elle semblait perplexe.

– Tu sais, j'ai eu mon premier prétendant quand j'avais seize ans. J'ai fini par le marier, et ça a duré dix-sept ans. Après, il est mort.

Elle a souri pendant qu'elle racontait son histoire, comme si elle avait oublié la partie « Après, il est mort. »

– Je suis désolé.

– Merci, mon petit. Il est parti depuis très longtemps maintenant... As-tu des frères et sœurs ?

– Juste mon petit frère.

– J'ai eu seulement une fille. Elle avait neuf ans quand son père est mort. Ça fait tellement longtemps. Le temps passe vite.

Je lui ai offert mon sandwich à la dinde, dans son papier d'aluminium.

– Oh ! C'est très gentil ! Je crois que je vais accepter, si ça ne te dérange pas ?

Elle en a pris la moitié.

– Mon père est mort aussi, ai-je dit.

– Oh. Je suis désolée d'entendre ça. Qu'est-ce qui lui est arrivé ?

– Excusez-moi. Il faut que j'aille aux toilettes.

Mes mains étaient moites. Je suis encore allé aux toilettes, mais j'ai dû quitter le cubicule malodorant parce que quelqu'un cognait à la porte.

De toute façon, la vieille dame était une parfaite inconnue. Je ne la reverrais probablement jamais.

Je me suis rassis à ses côtés et lui ai dit :

– Mon père s'est suicidé.

– Mon pauvre garçon !

Aucune surprise. Tous les gens disaient ça quand ils apprenaient la nouvelle. Pauvre garçon, pauvre François, pauvre ce-que-tu-voudras.

– Voulez-vous savoir comment il est mort ? ai-je demandé.

Je voulais la devancer avant qu'elle ne me le demande.

– Seulement si tu veux vraiment m'en parler.

– Il s'est pendu dans le grenier.

Elle n'a rien dit. Elle a regardé par la fenêtre les voitures rouler dans le sens inverse. Je n'étais pas certain qu'elle m'avait entendu.

– Ce n'est pas tout ! Voulez-vous savoir quelque chose d'autre ?

– Euh...

Elle a hésité, mais il n'y avait rien pour m'arrêter.

– Son cou était tellement enflé qu'ils n'ont pu garder la tombe ouverte que quelques minutes. Est-ce qu'il y a autre chose que vous aimeriez savoir ?

Je réalisais que je criais presque, mes mains agrippant les bras du siège.

– Je suis désolée, m'a-t-elle dit.

Comme je ne voulais pas pleurer, je me suis concentré sur le plafond de l'autobus en me forçant à garder les yeux grand ouverts. C'est ce que je fais d'habitude quand je sais que je vais pleurer, mais que je ne veux pas. Parfois, ça marche.

– Tu dois être très triste.

Elle a mis sa main sur la mienne.

– Permets-moi de te dire quelque chose. Mon mari a fait la même chose. Il s'est suicidé, lui aussi. C'est drôle des fois… Il suffit qu'une seule personne parte pour que tout l'univers semble si vide.

L'autobus est arrivé juste à l'heure – dix-huit heures trente. J'ai transporté le sac de la dame jusqu'au quai d'où son autobus pour Barrie devait partir. On s'est embrassés sur les joues, elle a fouillé dans sa sacoche et m'a donné un sac de raisins secs.

– Les raisins secs sont bons pour toi. Ils donnent de l'énergie. Prends-les et bonne chance.

J'ai attendu et lui ai envoyé la main jusqu'à ce que son autobus disparaisse au loin.

✻

J'ai déplié ma carte de Toronto et cherché la rue Chester. C'était au sud, près du lac Ontario. J'ai estimé que ça devait être près de Harbour Front. J'ai soulevé mon sac à dos et marché jusqu'à la rue Yonge. J'ai demandé à un jeune avec une coupe de Mohawk et un piercing à la lèvre supérieure de m'indiquer la direction sud. La seule chose que je savais à propos de la rue Yonge, c'est qu'elle était supposée être la plus longue au monde. Je le crois. En début de soirée, il faisait si chaud et humide que chaque pas semblait être un kilomètre. En regardant la carte, il semblait facile de trouver son chemin à Toronto : des rues

2

nord-sud, est-ouest – pas mal plus facile qu'à Montréal.
Je pouvais aussi m'orienter à partir de la tour du CN.

J'avais plié le bout de papier de papa et l'avais glissé
dans mon portefeuille.

*Le 14 août 1953. Nous, les Compagnons de l'Ordre loyal
du poker, promettons de nous rencontrer le 14 août 1993,
à 9 heures du soir, pour une réunion Au Bleu Marin,
142, rue Chester, à Toronto. Mot de passe : black jack.*

J'avais un peu moins de deux heures pour trouver le bar
Au Bleu Marin. Vous vous doutez probablement, et je
déteste l'avouer, que j'étais l'adolescent le plus facile à
duper de l'hémisphère nord. J'étais probablement celui
qui a cru au père Noël le plus longtemps et j'ai cru à la fée
des dents jusqu'à ce que Bruno me dise la vérité en
troisième année. Peut-être que ma crédulité – appelez-la
mon désir de croire – pouvait se justifier par le fait que je
m'étais convaincu que je reverrais mon père une dernière
fois. Il n'y avait pas d'explication rationnelle.

Il était presque huit heures, et le jour baissait rapide-
ment. Selon la carte, je pouvais marcher jusqu'au 142, rue
Chester. J'ai acheté un hot-dog auprès d'un vendeur
ambulant, ai sorti une canette de Pepsi et me suis dirigé
vers le sud. J'ai marché et marché et marché. Je n'ai même
pas remarqué le Centre Eaton, les centaines de piétons ou
les embouteillages. Ça vous donne une idée de mon état
d'esprit. Je m'étais convaincu que mon père serait en train

de jouer au poker au bar *Au Bleu Marin* et que si je pouvais seulement m'y rendre, je le reverrais.

J'y étais presque. Chester était une rue bordée de petits commerces délabrés – un magasin à un dollar avec des sacoches en plastique et des sandales en caoutchouc dans les fenêtres, un dépanneur aux vitrines remplies de billets de loto, une agence de voyages offrant des chèques et mandats postes et une boutique de vêtements usagés avec un étal de chandails de coton ouaté avec des loups et le mot Canada – sans compter les logements qu'il y avait au-dessus de ces commerces. Il y avait un pitbull attaché à un parcomètre devant le dépanneur, mais à part lui, la rue était vide. Outre une banque au 100, rue Chester, j'ai trouvé un petit bout de gazon jauni avec deux bancs en bois sur lesquels on pouvait lire *Ben loves Lisa 4 ever*. Un écriteau indiquait que cet espace était un miniparc. Un des bancs était occupé par une silhouette endormie sous un journal. Chacune de mes cellules était en mouvement. Je tapais des doigts, je balançais mes jambes, je remuais mes orteils. Ce n'était rien comparé aux contorsions de mon estomac.

J'avais répété les questions que je voulais lui poser :

Comment as-tu su que tu étais en amour avec maman ?
Quel âge avais-tu quand tu as eu ta première blonde ?
Étais-tu populaire à ton école ?
Es-tu fier de moi ?
Pourquoi t'es parti ?

Qu'est-ce que ça fait d'être mort ?
Es-tu heureux maintenant ?
Peux-tu me voir ?
Peux-tu m'entendre ?

Quand j'ai senti que toutes les parties de mon corps pouvaient tomber en mille morceaux – avec tous ces tremblements, claquements et bourdonnements – je me suis levé et j'ai arpenté la rue en plissant les yeux pour lire l'adresse sur les immeubles. Le ciel s'était couvert de gros nuages lourds, et le vent du lac s'était mis à souffler.

142, rue Chester. Il y avait des annonces de bières dans les fenêtres, un écriteau où on pouvait lire *Saloon* au-dessus d'une porte, et un autre disant *Ladies* au-dessus de l'autre. Le bâtiment avait déjà été un bar, mais il était abandonné depuis un bon moment. Ce n'était plus un bar. C'était rien.

J'ai été frappé par mon reflet dans l'une des fenêtres : un petit gars maigre qui avait l'air plus jeune que seize ans, avec un sac à dos, debout dans une rue déserte à des centaines de kilomètres de chez lui. Quel con j'étais ! Quel sacré con !

L'objectif cinglé qui m'avait animé depuis le début de la journée s'était soudainement évanoui, et je ne savais plus quoi faire. Il commençait à pleuvoir. J'ai essayé de regarder à travers la fenêtre crasseuse de la porte et j'ai donné un petit coup. La porte a cédé. J'étais assez mince pour me faufiler à l'intérieur. La seule lumière venait d'un réverbère et de l'enseigne au néon du bâtiment voisin où clignotait *Sharwarma*. Ça sentait la poussière et le bois. Du cèdre. J'ai entendu un bruit. Un rat ? Puis, quelqu'un qui toussait. J'ai regardé tout autour de moi en essayant de percer la noirceur. Mon cerveau m'avait-il joué un mauvais tour ? Il n'y avait pourtant rien là.

Quelqu'un qui tousse. Encore une fois. Je me suis retourné, essayant de voir d'où ça provenait. Il y a eu un éclair et un grand coup de tonnerre. La salle s'est illuminée brièvement. D'une lumière blanche. Soudain, j'ai aperçu la silhouette d'un homme.

– Papa !

Ce n'était pas lui. C'était M. Régalo, assis sur une chaise de bois, au milieu de la salle vide. Je le distinguais à peine dans l'obscurité.

– Qu'est-ce que vous faites ici ? lui ai-je demandé.

– Ta mère m'a appelé ce matin pour me demander si tu étais venu travailler. Quand j'ai constaté que tu ne viendrais pas, j'ai eu ma petite idée de l'endroit où tu pouvais être et j'ai conduit jusqu'ici pour venir te chercher. C'est tout un trajet, tu sais. Les gens conduisent comme des fous. Donc, quel est le mot de passe ?

Une brise légère soufflait à travers la fenêtre ouverte. Les nuages se dissipaient peu à peu.

– Black jack.

– Es-tu certain ?

– Oui.

– J'ai quelque chose pour toi.

Je n'avais pas remarqué qu'il y avait un livre à ses pieds, jusqu'à ce qu'il se penche pour le ramasser et me le tende. Le livre était relié avec du cuir noir et il était pesant.

– C'était à ton père. Tu sais, il n'y a pas grand-chose à faire sur un bateau la nuit, et il aimait bien écrire ses pensées. Il y a toutes sortes de choses : le bonheur qu'il a eu quand tu es né, les paroles des chansons qu'il aimait et, même, des recettes. Ah oui, et des blagues.

Je l'ai regardé d'un air ébahi.

– Prends-le. Il est à toi maintenant.

J'ai pris le journal intime de mon père. Dans l'obscurité de la pièce, tout ce que je pouvais dire, c'est que c'était vraiment l'écriture de papa, toute droite, avec les mêmes petites lettres pointues – comme celles sur le bout de papier dans mon portefeuille.

– Comment se fait-il que vous ayez son livre ?

– Il l'avait laissé un jour au resto et quand j'ai essayé de le lui remettre, il m'a demandé de le garder. J'aurais dû te le donner il y a longtemps.

La rue Chester n'était pas très loin du lac Ontario. Peut-être cinq minutes à pied, même au pas lent de M. Régalo. J'ai vidé ce qui restait de ma bouteille de Pepsi sur le trottoir. J'ai plié le bout de papier de papa et l'ai glissé dans la bouteille. Ensuite, j'ai remis le bouchon et j'ai lancé la bouteille dans le lac.

J'avais fini.

– Je suis prêt. On rentre, ai-je dit.

～～～

C'était il y a cinq ans déjà. Beaucoup d'eau a coulé sous les ponts de Montréal depuis, mais les bonnes choses, comme le Stade olympique, le *smoked meat* et le Mont-Royal, sont toujours là. J'étudie les sciences politiques à l'Université McGill. Je travaille encore pour M. Régalo les fins de semaine et au Casino de Montréal les jeudis et vendredis soirs – je suis croupier aux tables de poker. C'est comme ça que je paie mes dépenses d'études. J'aime encore la même musique : U2, Nirvana, Brel et Beau Dommage. Il y a des choses qui ne changent pas et qui ne changeront jamais. Comme Luc. Même s'il grandit vite et qu'il va probablement me dépasser bientôt, il sera toujours mon petit frère. Il a presque onze ans maintenant. Le temps passe vite.

～～～

Ça n'a pas toujours été facile. Il y a eu des jours sombres, mais la vie a toujours eu le dessus sur la mort. Papa a pris une décision tragique. Il n'aurait pas dû renoncer à la vie.

Quand papa me manque, je marche jusqu'au Mont-Royal ou je vais à l'Oratoire Saint-Joseph. Je l'imagine à côté de moi, écoutant ce que j'ai à lui dire. Pour les passants, j'ai probablement l'air d'un malade mental qui parle tout seul, mais si vous saviez comme je m'en fous. Ça me fait du bien, tout comme baisser les vitres de ma voiture – que j'ai payée comptant – quand il fait chaud l'été, mettre la radio à fond et chanter à tue-tête.

Maman, quant à elle, a quitté son emploi au cabinet d'architectes et est devenue jardinière paysagiste. Elle peut donc sentir toutes les plantes qu'elle veut, surtout le cèdre et le pin. Spoutnik prend de l'âge et ne court plus après les *frisbee* comme avant, mais il monte dans le camion de maman tous les jours.

Bruno travaille pour la compagnie de construction de son père. Il aime pas mal sortir et faire la fête. Je ne le vois pas aussi souvent qu'avant. Caroline a pris une année sabbatique et est partie travailler au Club Med quelque part dans les Caraïbes. Ils sont les seuls dont j'ai encore des nouvelles. Jul est retournée en Ontario après cette année-là, mais je pense encore à elle, surtout quand je sens le parfum des lilas.

Tante Sophie a marié Georges. Sa robe de mariage était verte, comme son chapeau et le gâteau aux pistaches. Ils ont passé des semaines à entraîner Pistache – le gros Labrador – pour qu'il soit le page qui porte leurs alliances sur le coussin de soie. Luc et moi étions les placiers. Ils ont adopté deux petits garçons aux cheveux roux.

Quand Luc a eu huit ans, je lui ai montré à jouer au poker. On en a fait toute une cérémonie. Maman a dégagé la table de la cuisine, et j'ai sorti un jeu de cartes neuves.

– Le paquet voleur, c'est pour les bébés. Maintenant, c'est le temps de te montrer comment les adultes jouent.

J'ai brassé les cartes comme un expert. Il m'a regardé, sans dire un mot, les joues pleines de pop-corn. Je me voyais, assis à la même table, avec papa.

– Tiens toujours tes cartes près de toi, près de ton cœur, sinon les autres pourront voir ton jeu. Si tu as une bonne main, dis-toi que tu es chanceux, mais ne t'en vante pas. Ce qui compte, c'est ce que tu fais avec tes cartes.

Je voulais montrer à Luc comment bien jouer ses cartes, lui dire que tricher ne vaut jamais la peine, que la vie est belle et qu'une *straight flush* royale est rare, mais qu'elle existe. Que la vie est un jeu et qu'il est permis de s'amuser. Rire est aussi important qu'être sérieux. Les parties de cartes ne durent jamais très longtemps de toute façon. Il y a toujours un joueur ou deux qui partent trop tôt.

Et que rien ne dure toujours.

REMERCIEMENTS

J'aimerais remercier mes amis de Livres Toundra pour leur confiance, et surtout Kathy Lowinger pour sa générosité et ses précieux conseils.

Merci à Michael Levine, qui a cru en moi, en mes idées. Merci à Patrick Watson, qui a pris le temps de lire mon manuscrit et dont la sagesse m'a aidé à voir les choses sous un autre angle. Merci à John Fraser qui m'a offert un bureau au Collège Massey à Toronto, où j'ai pu écrire en paix. Merci à Maxine Quigley pour sa patience et son sourire.

Merci à Ginette Grégoire-Chalifour, ma mère, mon modèle de courage, d'amour et d'intégrité. Merci à Mario Rondeau, mon beau-père, pour sa patience et sa sagesse. Merci à Yvonne Cantara, ma tante, pour sa gentillesse et son ouverture d'esprit. Merci à Mark Prior et à Luc Bernard, qui m'ont accueilli dans leur famille avec tant de générosité. Merci à Julie Héroux, mon amie d'enfance depuis la première année, en qui j'ai la plus grande confiance. Merci à Françoise Pelletier pour l'aide qu'elle m'a apportée durant mes premières années d'enseignement. Merci à Jos Labao pour sa patience et son écoute. Merci à Michelle Marcelin pour l'intelligence de ses mots et de ses conseils.

Je vous aime fort.